Anika Schäller

Medinaseeh

Bis wir uns wiedersehen

Anika Schäller

Medinaseeh

Bis wir uns wiedersehen

© 2023 Anika Schäller

Autorin: Anika Schäller (www.bringeinslicht.at)
Umschlaggestaltung: Christina Reinwald (www.grafikguide.at)
Weitere Mitwirkende: Christopher Bayer (www.trostdurcherinnerung.de)

Druck und Vertrieb im Auftrag der Autorin: Buchschmiede von Dataform Media GmbH, Wien
www.buchschmiede.at - Folge deinem Buchgefühl!

Besuche uns online

ISBN:
978-3-99152-435-9 (Paperback)
978-3-99152-433-5 (Hardcover)
978-3-99152-434-2 (E-Book)

PRINTED IN
AUSTRIA

Ich widme dieses Buch all jenen,

die, ebenso wie ich,

jemanden verloren haben

und sich weigern

den Tod, als endgültig zu betrachten.

INHALT

Einleitung

Es war ein langer Weg zurück zu dir,
und doch ist jeder meiner Schritte es wert,
ihn gegangen zu sein.

Anika Schäller

Mein Name ist Anika Schäller. Ich bin Autorin, Mutter, Unternehmerin und begleite Menschen auf ihrem persönlichen Weg der Bewusstwerdung. Der Großteil meiner Klienten hat, ebenso wie ich, jemanden verloren und ist deshalb erheblich aus dem Gleichgewicht geraten. Diese Menschen suchen nach etwas, das ihrem Leben endlich wieder Sinn verleiht. Einen Verlust zu erleiden, bedeutet unweigerlich, einen wesentlichen Teil seiner Selbst zu verlieren. Gleichzeitig gestaltet sich eine Rückkehr in ein normales Leben als äußerst schwierig, wenn nicht sogar unmöglich. Nicht wenige reagieren zusätzlich mit bedeutsamen Veränderungen. Sie beenden eine langjährige Beziehung, kündigen aus heiterem Himmel ihren Job oder ziehen einen Ortswechsel in Erwägung. Sie brechen von heute auf morgen ihre Zelte ab, um ihr Glück an anderer Stelle zu suchen. Manch andere wiederum unterziehen ihr Äußeres einer radikalen Wandlung und sind danach kaum mehr wiederzuerkennen. Alles, was sie tun, stellt den verzweifelten Versuch dar, Kontrolle über diese aussichtslose Situation, in der sie sich befinden, zu erlangen und ist gleichzeitig Spiegelbild ihres seelischen Zustandes, denn die Veränderungen tief in ihrem Innersten, bahnen sich unaufhaltsam ihren Weg nach außen. Eine Krise in einem derartigen Ausmaß zu erleiden, den Verlust eines geliebten Menschen, beinhaltet dennoch stets die

Chance zur Transformation. Gestärkt aus der Krise hervorzugehen und möglicherweise dem eigenen Leid eines Tages zu entwachsen.

Chaos ist kein Abgrund. Chaos ist eine Leiter, die dich, Sprosse für Sprosse, in die nächsthöhere Ebene deines Seins katapultiert. Dennoch ist und bleibt es eine persönliche Entscheidung, die letztendlich jeder für sich selbst zu treffen hat. Niemand kann sie dir abnehmen, noch die notwendigen Schritte für dich tun. Entscheidest du dich, trotz allen Leids, das dir widerfahren ist, dafür weiterzumachen, wählst du das Leben, entscheidest du dich dagegen, läufst du Gefahr, ohne Aussicht auf Besserung, in den Geschehnissen der Vergangenheit zu verharren. Triff deine Wahl deshalb sorgfältig und mit Bedacht, denn nur wer vollends stillsteht, droht an den Wogen des Schmerzes zu zerbrechen und letzten Endes darin unterzugehen.

Auftakt

Ich lande in einem antik aussehenden Innenhof. Um mich herum bahnen sich ein ganzes Dutzend gigantisch großer Bäume ihren Weg in den Himmel hinauf und ihre zarten, weinroten Blätter wiegen im Wind sanft hin und her. Auf den ersten Blick scheint daran nichts außergewöhnlich zu sein, doch betrachtet man das Schauspiel etwas genauer, erkennt man, dass einfach alles daran rundum harmonisch ist. Einen kurzen Moment lang bilde ich mir sogar ein, dass mir die Bäume zur Begrüßung eine Art Tanz aufführen und ebenso Freude an unserem Zusammentreffen haben wie ich. Andächtig betrete ich den Weg vor mir und das leise Knirschen der vielen Schottersteine dringt zu mir hoch. Zweifellos befinde ich mich nicht mehr länger auf der irdischen Ebene, denn eine derartige Anmut und Schönheit sind in einer solchen Perfektion nirgendwo zu finden. Da, ein hölzerner Stuhl! Schneeweiß und übersät mit detailreichen Verzierungen lädt er mich regelrecht dazu ein, mich auf ihm niederzulassen, um einen Moment lang zu verweilen. Doch ich entscheide mich dagegen und setze meinen Weg unbeirrt fort.

Am Ende des Fußweges angekommen erblicke ich ein imposantes steinernes Gebäude. Bei näherer Betrachtung mache ich an einem der Türme eine kleine Fahne ausfindig, die mein Interesse weckt. „Universität", entziffere ich und weiß sofort, hier bin ich goldrichtig. Noch einmal besinne ich mich meines Ziels, dem eigentlichen Grund, weshalb ich hierhergekommen bin. Ich hole tief Luft, umschließe mit beiden Händen meinen Mund und rufe so laut ich kann: „Matthias! Matthias!" Geduldig warte ich darauf, ob sich irgendetwas tut, bis sich schließlich tatsächlich, nach wenigen

Minuten, eine der zahlreichen Türen öffnet und ein Mann durch sie hindurchtritt. In seinem dunkelblauen Anzug sieht er verdammt gut aus und ich schätze ihn auf Mitte zwanzig. Eine hellbraune Aktentasche unter den Arm geklemmt, steuert er geradewegs auf mich zu.

„Entschuldige bitte", sage ich, trete ihm entschlossen entgegen und versuche dabei einen Blick auf sein Gesicht zu erhaschen. Der junge Mann, der um etliches größer ist als ich, macht Halt, nicht ohne mir dabei einen fragenden Blick zuzuwerfen. „Kennen wir uns?", sagt er und stellt seine Tasche beiseite. „Ja, ich meine, nein, ich meine, eigentlich nicht". Unbeholfen suche ich nach den passenden Worten und spüre dabei, wie mir eine unangenehme Röte das Gesicht hochwandert. „Ich habe keine Zeit", gibt mir der junge Mann höflich zu verstehen und zeigt Richtung Universitätsgebäude. „Ich bin spät dran." Im nächsten Moment greift er auch schon nach seiner Tasche, nickt mir freundlich zu und macht sich daran weiterzugehen. Verdutzt blicke ich ihm hinterher. „Du bist Matthias, habe ich recht?", rufe ich kurzerhand. Kaum ausgesprochen bleibt der junge Mann wie angewurzelt stehen und mir wird klar, dass ich mit meiner Vermutung mitten ins Schwarze getroffen habe. „Dein Vater schickt mich", setze ich fort. „Er versucht einfach alles dafür zu tun, um dich wiederzusehen."

Der junge Mann sieht mich an, macht kehrt und stellt die Tasche abermals zur Seite. Eine gefühlte Ewigkeit stehen wir so nebeneinander und obwohl kein einziges Wort unsere Lippen verlässt, wissen wir ganz genau über die Gedanken des anderen Bescheid. Abgesehen davon nehme ich noch etwas wahr. Das Gefühl von Liebe. Der Liebe eines Sohnes für seinen Vater. „Bitte richte ihm aus, dass er sich um mich keine Sorgen zu machen braucht. Er hat viel in seinem Leben erreicht, das darf er keinesfalls vergessen", bittet Matthias. „Du bist es tatsächlich, nicht wahr?", hake ich nach. „Du bist Michaels Sohn." Ein kurzes Nicken genügt, um mich wissen zu lassen, dass er die Seele ist, nach der ich gesucht habe. „Möchtest du mich ein Stück begleiten?", fragt er und schenkt mir ein hinreißendes Lächeln. Selbstverständlich möchte ich das und ich nehme die Einladung bereitwillig an. So kommt es, dass wir kurze Zeit später das Universitätsgebäude betreten. „Sag mal, wie um alles in der Welt bist du eigentlich hierhergekommen?", möchte Matthias wissen, während wir uns, über das Treppenhaus, dem oberen Stockwerk nähern.

„Oh, ich erlebe in regelmäßigen Abständen außerkörperliche Erfahrungen", murmle ich, während in meinem Kopf ein unerbittlicher Kampf tobt. Hunderte von Fragen schwirren darin herum, die allesamt darauf drängen, auf der Stelle beantwortet zu werden. Bedauerlicherweise vergesse ich dabei völlig darauf, meiner Reise die notwendige Stabilität zu verleihen und schnelle binnen weniger Sekunden in meinen physischen Körper zurück. Von einem regelrechten Energieschauer durchflutet, greife ich unverzüglich nach meinem Handy. „Guten Morgen, Michael. Du errätst nie, wem ich heute Nacht begegnet bin."

Das Gefühl von Glückseligkeit

„Du bist gut, keine Frage, aber ich möchte dir helfen noch besser zu werden." Gewissenhaft nicke ich und eile schnurstracks zum anderen Ende des Saals. Alles beginnt damit, dass ich, wie so häufig, nachts während einem meiner Träume luzid werde. Es dauert nicht lange und ich erhalte schon bald Gesellschaft in Form von einer weiteren, neuen, Geistführerin, die es sich offensichtlich zur Aufgabe gemacht hat, mir mit Rat und Tat zur Seite zu stehen. „In der heutigen Lektion geht es in erster Linie darum, deine Fähigkeit, in deinen Energiekörper zu wechseln, zu optimieren", gibt sie mir zu verstehen. Dankbar für die Unterstützung befolge ich jede ihrer Anweisungen. Abgesehen davon ist auch noch Dea, meine Hauptgeistführerin, anwesend. Obwohl sie sich mir jedes Mal in anderer Gestalt zeigt, erkenne ich sie sofort anhand ihrer energetischen Signatur wieder. Beide Frauen wirken erstaunlich jung und herrlich ungekünstelt, was dafür sorgt, dass ich mich auf Anhieb pudelwohl fühle. Sie bringen mir allerhand bei, unter anderem, was es heißt, loszulassen, um mich noch effektiver auf Reisen zu begeben. Und siehe da, bereits nach wenigen Anläufen gelingt es mir tatsächlich innerhalb kürzester Zeit von meinem Traum in meinen Energiekörper zu wechseln und ich genieße einmal mehr das Gefühl des Fliegens. „Wie heißt du denn?", möchte ich von meiner neuen Geistführerin wissen und hoffe inständig darauf, ihren Namen bis zu meiner Rückkehr in die physische Realität im Gedächtnis zu behalten. Nicht nur einmal ist mir auf dem Nachhauseweg die eine oder andere wertvolle Information abhandengekommen. Ein Umstand, der mich alles andere als glücklich stimmt und gleichzeitig verdeutlicht, wie schwierig es ist, jenseitige Eindrücke mit unserem menschlichen Verstand festzuhalten. „Wir sollten unsere gemeinsame Zeit nicht mit derartigen Belanglosigkeiten vergeuden, findest du nicht?", tadelt mich diese. „Aber wenn du es genau wissen willst, ich heiße Aki." Schon tauchen dutzende weitere Fragen auf, die ich meiner neuen Geistführerin stellen möchte, doch meine Gedanken werden jählings unterbrochen, als mit einem Mal ein gestochen scharfes Bild vor meinem inneren Auge auftaucht. Ein kleines Mädchen, sofern mich nicht alles täuscht. Gerade als ich mich der plötzlichen Erscheinung zuwenden möchte, höre ich Dea rufen: „Lass jetzt los!" Also tue ich wie mir geheißen und entledige mich sämtlicher Gedanken, Ängste und Sorgen. Anschließend strecke ich beide Arme zur Seite und lasse mich mit geschlossenen Augen nach hinten fallen, mit der festen Absicht unverzüglich in meinen Energiekörper zu wechseln. Im selben Atemzug fällt mir ein, dass ich dieses Mädchen schon einmal gesehen habe, doch nicht nur das, ich kenne sogar ihre Mutter. „Elli, jetzt!", fordere ich entschlossen, blende alles um mich herum aus und konzentriere mich mit voller Kraft auf diesen einen Gedanken. Nach und nach verschwimmt alles um mich herum und ich fühle eine deutliche innere Bewegung. In Windeseile baut sich vor mir ein Tunnel auf, voller funkelnder Partikel, die wie in Lichtgeschwindigkeit an mir vorbeisausen. Mühelos gleite ich durch sie hindurch und verliere dabei vollkommen mein Gefühl für Zeit und Raum. Es dauert nicht lange und ich gelange an einen Punkt, an dem ich mich nicht mehr länger als einzelnes Individuum, sondern als Teil des großen Ganzen wahrnehme. Ich bin zu einem Teil des Tunnels geworden, oder besser gesagt, ich bin der Tunnel! Ein kräftiger Energieschauer durchflutet jede Pore meines Seins und mich beschleicht das untrügliche Gefühl, als würde mein Ziel mit jedem weiteren Meter, den ich hinter mir lasse, in Reichweite rücken. „Stabilität-jetzt!", befehlige ich, als auch schon Licht am Ende des Tunnels erscheint. Das wunderbare Gefühl des All-Ein-Seins rückt sukzessive in den Hintergrund und ich richte meinen Fokus wieder auf das ursprüngliche Ziel meiner Reise. Wie auf Knopfdruck klärt sich mein Sichtfeld und ich staune nicht schlecht, als ich freien Blick auf einen gigantisch großen Rummelplatz nehme. Wohin das Auge reicht, wimmelt es nur so vor heiteren Gesichtern, unterschiedlichen Fahrbetrieben und kunterbuntem Treiben. Ein Vergnügen folgt dem anderen und ich weiß gar nicht, wohin ich meinen Blick als Erstes wenden soll. „Für ein Kind gibt es wohl kaum einen besseren Ort, um die Ewigkeit zu verbringen", stelle ich fest, als prompt die Information eintrudelt, dass sich mein Ziel in unmittelbarer Nähe in einem der weißen Festzelte befindet. Im selben Augenblick bemerke ich, wie meine Konzentration rapide nachlässt. „Jetzt bloß keinen Fehler machen!", mahne ich mich zur Vorsicht, während ich mein Tempo drossle und allmählich zur Landung ansetze.

Mit festem Boden unter den Füßen, erwartet mich auch schon die nächste Überraschung, als ein fröhlich dreinblickendes Mädchen aus einem der Zelte erscheint und geradewegs auf mich zusteuert. Begleitet von einer regelrechten Flut an positiver Energie macht es knapp einen Meter vor mir Halt. Etwas Magisches umgibt dieses Mädchen. Etwas, das sich nicht so einfach zum Ausdruck bringen lässt. Ein ganz bestimmtes Gefühl. Das Gefühl reiner Glückseligkeit. „Elli?", staune ich und betrachte fasziniert das engelsgleiche Wesen vor mir. Zweifellos handelt es sich dabei um jenes Mädchen, das ich vorzufinden erhofft hatte und doch gibt es einen wesentlichen Unterschied. Dieses Mädchen ist um einiges älter als ich es erwartet hatte. „Sie muss um die sechzehn, vielleicht siebzehn Jahre alt sein", befinde ich nach gründlichem Überlegen. Tatsächlich war Elli um einiges jünger gewesen, als sie die irdische Ebene verlassen hatte, was einmal mehr verdeutlicht, dass Kinder, in der geistigen Welt, nicht mehr länger Kinder sind. Stattdessen entwickeln sie sich weiter und zeigen sich, Reisenden wie mir, durchaus gerne ein wenig älter, als sie zu Lebzeiten gewesen sind. „Sag meiner Mama, dass ich sie liebe", bittet mich Elli und ich erkenne ein Meer voller Güte in ihrem kindlichen Antlitz. „Sag, was machst du denn hier die ganze Zeit über?", frage ich neugierig. „Ich unterrichte", antwortet Elli und dreht sich in ihrem schneeweißen Kleid gekonnt um die eigene Achse. „Was genau unterrichtest du denn?", hake ich nach. „Was ich unterrichte?", meint Elli und schenkt mir dabei ihr strahlendstes Lächeln. „Was es heißt, glücklich zu sein."

Besuchszeiten im Himmel

Kurz nach dem Tod meiner Tochter begab ich mich auf die Suche nach Antworten. Ich hatte keine Wahl und musste es einfach tun, denn mein Herz, ebenso wie mein Verstand, verlangten danach. Egal, was ich auch tat, meine Gedanken kamen einfach nicht zum Verstummen. Ich war gefangen in einem Karussell des Grauens, aus dem es keinerlei Entrinnen gab. Gibt es ein Leben nach dem Tod? Was passiert, sobald wir sterben und ist es möglich den Kontakt zu unseren Verstorbenen beizubehalten? Fragen über Fragen, die mich tagaus, tagein quälten und auf die ich doch keine Antwort erhalten sollte.

Hartnäckig wie ich nun einmal bin, weigerte ich mich, diese aussichtslose Situation, in der ich mich befand, zu akzeptieren und begann schließlich damit haufenweise Bücher zu lesen. Bei der Gelegenheit erkannte ich, dass ich nicht die Einzige war, die sich mit derart essenziellen Fragen des menschlichen Seins auseinandersetzte, stellte jedoch rasch fest, dass es nicht diese eine ultimative, alles erklärende Antwort gibt. Frustriert legte ich die Bücher wieder beiseite und suchte nach einem anderen Weg, der mir besser geeignet erschien. Schließlich wurde mir klar, dass die einzige Lösung für mein Problem diese war, eigene Erfahrungen zu sammeln und nicht länger bei anderen danach Ausschau zu halten. Mir liegt es fern, mich auf irgendein bereits vorhandenes Glaubenskonstrukt zu stützen, denn das erscheint mir viel zu einfach. Weil ich aber nicht nur besonders hartnäckig, sondern noch dazu richtig ungeduldig bin und es mir viel zu lange dauerte, bis ich erfahren sollte, ob etwas bzw. was genau nach dem Tod auf mich zukommt, musste ich einen schnelleren Weg finden. Aus diesem Grund lernte im Zeitraum von wenigen Monaten eigenständig Kontakt mit dem Jenseits herzustellen. Die Fähigkeit dazu befindet sich in jedem von uns und wartet nur darauf entfacht bzw. zum Einsatz gebracht zu werden. Es ist nichts Besonderes und doch erfordert es jede Menge Übung sowie das richtige Know-how. Nach und nach gelangte ich so zu meinen Antworten. Rasch stand fest, dass meine Tochter nicht einfach aufgehört hatte zu existieren. Sie hatte lediglich ihre Seins-Form geändert, was jedoch nicht bedeutete, dass sie nicht mehr länger meine Tochter war. Im Laufe der Zeit schaffte ich es, unsere Verbindung zunehmend zu stärken und mich täglich, mithilfe meiner Hellsinne, mit ihr zu verbinden. Doch letzten Endes war nichts von alledem genug. Es reichte nicht aus und konnte mir nicht einmal annähernd geben, was der Tod mir genommen hatte. Meine Tochter nicht bei mir zu haben, machte etwas mit mir. Ihr vermeintlicher Verlust spornte mich dazu an, über meine persönlichen Grenzen hinauszuwachsen und ich mobilisierte Kräfte, von denen ich nicht einmal annähernd wusste, dass ich sie besitze.

Eines Nachts passierte dann etwas, das sich mit Vernunft und Logik nicht länger erklären ließ. Dieses Erlebnis stellt einen entscheidenden Wendepunkt in meinem Leben dar, denn danach eröffneten sich mir Welten, von denen ich niemals zuvor zu träumen gewagt hätte. Außerkörperliche Erfahrungen. Gezielte Jenseitserkundungen. Besuchszeiten im Himmel. Was im ersten Moment wie ein reines Hirngespinst klingen mag, entpuppte sich im Laufe der Zeit als durchaus realistisch. Ist es tatsächlich möglich, unseren geliebten Verstorbenen bereits zu Lebzeiten einen kleinen Besuch abzustatten? Die Antwort darauf lautet: Ja, ist es.

Ich tat alles Mögliche, um endlich einen triftigen Beweis dafür zu erhalten, dass der Tod nicht unser aller Ende bedeutet. Ich übte Tag und Nacht, bis mein unermüdlicher Einsatz eines Abends belohnt wurde, das Unmögliche geschah und sich die Tore zum Himmel einen Augenblick lang öffneten. Neun schmerzhafte Monate sollten vergehen, ehe ich meine Tochter wiedersehen und mich am eigenen Leib davon überzeugen durfte, dass es ihr gut geht. Von da an gab es kein Halten mehr und ich beschloss es nicht bei diesem einen Treffen zu belassen. Ich wollte mehr über diesen Ort, den sie ihr Zuhause nannte, erfahren und hatte bereits viel zu viel gesehen, um wieder einfach so in mein altes Leben zurückzukehren. Es war wie ein neues Paar Schuhe, das mir geschenkt worden war und welches perfekt passte. Ich entwuchs meines bisherigen Lebens und fand nicht nur meine Tochter wieder, ich entdeckte auch, dass die Antworten, nach denen ich gesucht hatte, sich die ganze Zeit über direkt vor meinen Augen befunden hatten.

Doch meine nächtlichen Reisen blieben nicht lange unbemerkt, denn es erschien mir sehr wichtig, offen und ehrlich über meine jenseitigen Erfahrungen zu berichten. Insbesondere eines meiner Kinder zeigte reges Interesse daran. Mit weit aufgerissenen Augen lauschte es meinen Erzählungen darüber, was ich nachts zuvor erlebt hatte. Mir hätte klar sein müssen, dass irgendwann der Zeitpunkt kommen wird, an dem es sich nicht mehr länger damit zufriedengibt. Eines Tages, genauer gesagt, einen Monat vor seinem zehnten Geburtstag, kam mein zweitältester Sohn zu mir und bat mich um ein Gespräch unter vier Augen. Dabei gestand er mir unter Tränen, dass er sich nichts lieber wünsche als seine Schwester endlich wiederzusehen. „Kannst du mich nicht einfach mitnehmen?", bat er mich hoffnungsvoll. Niemand von uns ahnte, dass sein kindlicher Wunsch, seine Bitte, den Beginn einer neuen, spannenden Reise einläuten würde.

Ich blicke voller Demut und Dankbarkeit auf diese Zeit, diese Erfahrungen, zurück. Der Verlust meiner Tochter war wie ein schmerzhafter Weckruf, der mich aus meinem alltäglichen Trott erwachen ließ. Eines Tages werden wir erkennen, dass es sich bei dem, was wir Leben nennen, um nichts anderes als einen Traum handelt und das, was danach kommt, weitaus mehr mit unserem eigentlichen Leben zu tun hat als die Realität, in der wir uns momentan befinden. Mittlerweile bereise ich nicht nur das Jenseits, ich begleite auch andere Trauernde dabei, ihre geliebten Verstorbenen wiederzusehen, um ihren Schmerz ein Stück weit heilen zu lassen und gestärkt ins Leben zurückzukehren, denn dieses ist viel zu kurz, um es nicht in vollen Zügen auszukosten. Das Wissen, dass es nach dem Tod weitergeht, wir uns von niemandem verabschieden müssen, weil wir einander eines Tages wiedersehen, ist etwas, worüber nicht mehr länger geschwiegen werden sollte. Das Leben als Mensch hält eine Vielzahl spannender Aufgaben parat und außerkörperliche Erfahrungen sind eine davon.

Nadine

Elina, auch liebevoll Elli genannt, wurde am 07.02.2012 geboren. Von da an war unser Leben perfekt. Elli war ein sehr liebes Baby und hat nur selten geweint, außer sie hatte Hunger, dann konnte sie richtig laut werden, aber das war verständlich. Am liebsten hat sie geschlafen und gegessen. Das hat sie bis zum Schluss gerne getan. Meine Tochter war ein sehr fröhliches Mädchen, hat stets viel gelacht und sich über alles, das ihr zukam, gefreut. Im Alter von einem Jahr kam Elli in die Krippe. Sie hat sich rasch eingewöhnt und ihre beiden Erzieherinnen, Heike und Regine, über alles geliebt, aber auch mit den übrigen Kindern in ihrer Gruppe hat sie sich gut verstanden. So wuchs sie heran, hat vieles gelernt und meinen Mann und mich unheimlich glücklich gemacht. Elli war ein Sonnenschein, hat aber durchaus auch mal Faxen gemacht. Wenn du mich fragst, dann hat sie das von ihrem Papa, mit dem sie sich wortlos verstanden hat. Trotz ihres jungen Alters hat Elli bereits so einiges erlebt. Im Prinzip gab es nur uns drei. Ihre beiden Omas hat sie leider nicht mehr kennengelernt. Um dennoch in deren Nähe zu sein, sind wir in regelmäßigen Abständen auf den Friedhof gegangen. Dieser Ort war Elli nicht fremd und sie hatte auch kein Problem dort zu sein.

Es war Ende November als Nadine und ich uns kennenlernten. Zwar verfolgte ich bereits seit geraumer Zeit ihre Beiträge in den sozialen Netzwerken, doch Näheres über sie wusste ich nicht zu berichten. Auf den ersten Blick wirkte sie, ebenso wie ich damals nach dem Tod meiner Tochter, ziemlich verloren und von einem Ausweg aus dieser ewig andauernden Misere aus Traurigkeit und Sehnsucht fehlte jegliche Spur. Aus irgendeinem Grund, den ich nicht näher benennen kann, verspürte ich den dringenden Wunsch ihr zu helfen und so dauerte es nicht lange bis wir uns verabredeten. Einmal gehört ließ mich Nadines Geschichte nicht mehr los. Es war kaum ein Jahr vergangen, seitdem sie und ihr Mann ihre einzige Tochter verloren hatten und obwohl ich mittlerweile bereits hunderte von Eltern kannte, denen ein ähnliches Schicksal widerfahren ist, ging mir ihre Geschichte ganz besonders nahe.

Bis heute kann ich nicht genau sagen, warum dem so war, aber ich bin davon überzeugt, dass es einen guten Grund dafür gibt, weshalb sich unsere Wege gekreuzt haben und ich danke all denjenigen, die daran beteiligt waren. Als ich Nadine schließlich anbot sie für die Dauer eines Monats zu begleiten war sie sofort einverstanden. Diese Frau hat meinen allergrößten Respekt, denn obwohl sie ihre einzige Tochter verloren hat, hat sie nie aufgehört um sie zu kämpfen. Trotzdem war das, was wir vorhatten, alles andere als alltäglich und hielt jede Menge Hürden parat. Zudem erhielt Nadine konkrete Anweisungen, die sie, während unserer gemeinsamen Zeit, beachten sollte. Das sollte vor allem dazu führen, sich an das Erlebte zu erinnern, denn pro nächtlichem Abholversuch liegt die Wahrscheinlichkeit dazu lediglich zwischen zehn und dreißig Prozent. Nichtsdestotrotz war es einen Versuch wert und in Wahrheit sogar mehr als das. Es war eine Chance einen weiteren Schritt vorwärts zu machen und eine Richtung einzuschlagen, die in der Art und Weise noch nie zuvor da gewesen war. Das Jenseits zu betreten, um sich am eigenen Leib davon zu überzeugen, dass der Tod nicht existiert. Eine Gelegenheit ins Leben zurückzufinden und die Trauer ein Stück weit heilen zu lassen. Wie um alles in der Welt uns das gelingen sollte? Außerkörperliche Erfahrungen sind des Rätsels Lösung. Jener Schlüssel, der das Tor zum Jenseits zu öffnen vermag, um das schier Unmögliche möglich zu machen. Einen Moment lang die Grenzen zwischen Diesseits und Jenseits verschwinden zu lassen, um einen kurzen Blick darauf zu erhaschen, was uns abseits dieser Realität erwartet. Es war kein leichtes Unterfangen und doch waren wir fest dazu entschlossen es zu versuchen. „Also gut", sagte ich zu Nadine. „Lass uns deinen Engel wiederfinden."

Im März 2017 geriet Elinas kleine heile Welt erstmals ins Wanken. Eine ihrer Erzieherinnen, Regine, kam bei einem Autounfall ums Leben. Tim und ich haben uns dann abends mit Elina hingesetzt und ihr erklärt, was passiert ist. Sie musste so stark weinen, dass ich gar nicht wusste womit ich sie trösten sollte. Von diesem Tag an hat sie um Regine getrauert, wobei sie mit uns stets sehr offen über ihre Gefühle und ihre Trauer gesprochen hat. Damals war sie erst fünf und musste dennoch diesen Verlust erleiden. Hin und wieder wollte sie Regine auf dem Friedhof besuchen, was natürlich in Ordnung war. Das letzte Kindergartenjahr war dann allerdings nicht mehr so einfach. Elli hat schon bald eine neue Erzieherin bekommen, aber zum Glück hatte sie noch ihre Freunde bei sich. Sie hat viel Zeit im Garten verbracht, zusammen mit unseren Nachbarn und deren Kindern. Obwohl sie von allen die Älteste war, hat sie stets mit den anderen gespielt. Mit manchen Nachbarn haben wir sogar Ausflüge unternommen. Elli hat das sehr gefallen. Sie war so gut wie nie quengelig. Klar hat sie auch mal gesagt, wenn ihr etwas nicht gefiel, aber wenn wir es ihr dann erklärt haben, war es zumeist in Ordnung. Selbstverständlich war das nicht immer einfach. Ein Kind zu erziehen, bedeutet viel Arbeit und an manchen Tagen flossen auch schon einmal die Tränen. Aber ich weiß, dass alles, was passiert ist, wichtig war, denn sonst wäre sie nicht zu dem wunderbaren Mädchen herangewachsen, das sie gewesen ist. Ich denke, jeder der selbst Kinder hat, versteht was ich damit sagen möchte. Im Sommer 2018 wurde Elli eingeschult und sie hat sich sehr darüber gefreut. Wir hatten uns vorab dazu entschieden umzuziehen, damit sie zusammen mit ihrer Cousine Seraphine auf dieselbe Schule gehen konnte. Was war das bloß für eine Aufregung? Unsere zwei kleinen Mädchen würden schon bald die Schule besuchen. Natürlich musste das gebührend gefeiert werden. Als dann die ersten Ferien vor der Tür standen sind wir nach Fehmarn gefahren, wo auch Ellis Urgroßeltern wohnen. Es war ein toller Urlaub, so schön warm und es gab nur uns drei. Einfach alles daran hat gepasst. WIR haben gepasst. Viele Jahre lang sind wir nicht weggefahren, weil wir dafür nicht das Geld hatten, aber selbst das war nicht schlimm. Wir hatten uns und das war schließlich das Allerwichtigste.

„Guten Morgen, Nadine. Sag, wie war deine Nacht? Kannst du dich an irgendetwas erinnern?"

„Ich hatte etliche Male das Gefühl, als würde mich etwas oder jemand an den Beinen ziehen. Anfangs hatte ich deshalb sogar ein bisschen Angst. Im Nachhinein aber ärgere ich mich, dass ich nicht ruhig geblieben bin."

Hochmotiviert starteten Nadine und ich in die erste Nacht. Beinahe fühlte es sich an wie ein Spiel, bei dem es galt, möglichst kühlen Kopf zu bewahren, sowie ein gewisses Maß an Kalkül und Ausdauer unter Beweis zu stellen, nur mit dem klitzekleinen Unterschied, dass es uns todernst war mit dem, was wir taten. Während Nadine sich vorrangig darauf konzentrierte ihre Traumerinnerung zu steigern und die Anweisungen, die ich ihr gegeben hatte, zu befolgen, fokussiere ich mich auf das Einholen von weiteren, nützlichen Informationen. Jeden Morgen kehrte ich mit neuen Erkenntnissen, unser Vorhaben betreffend, in meinen physischen Körper zurück. Bis ich Nadine auf eine meiner Reisen mitnehmen durfte, konnte durchaus noch eine Weile vergehen, immerhin galt es, mittels einer konkreten Absicht, ein dementsprechend starkes sowie stabiles Energiefeld zu erzeugen. Bis dahin legten wir eine eiserne Disziplin an den Tag und ich hatte den Eindruck, als könne uns nichts aufhalten. Jeden Abend vor dem Einschlafen lenkte ich meine Aufmerksamkeit auf Nadine, um ihren Energiekörper einer ordentlichen Reinigung zu unterziehen und ihn zu aktivieren. Doch war ich erst einmal außerkörperlich, war das einzige, das zählte, sie abzuholen.

Zielstrebig verlasse ich meinen physischen Körper. „Nadine, jetzt!" Um mein Wunschziel nicht zu verfehlen, habe ich mir ein Foto von Nadine und Elli zur Hand genommen und es, über mehrere Tage hinweg, genauestens studiert. Mittlerweile kenne ich jedes klitzekleine Detail, jede Haarsträhne und jede noch so verborgene Geste. Rein gar nichts davon entgeht meinem achtsamen Blick. So gelingt es mir ein naturgetreues Abbild meiner Zielpersonen vor meinem inneren Auge entstehen zu lassen, welches es mir ermöglicht, trotz abertausender Kilometer an Entfernung ans Ziel zu gelangen. Etliche Flugminuten später stoße ich mit meinem rechten Fuß gegen ein Hindernis und mache unverzüglich Halt. „Ein hölzernes Tor", stelle ich verdutzt fest. „Es ist bestimmt an die drei Meter hoch. Was sich wohl dahinter verbirgt?" Interessiert begutachte ich es von allen Seiten, ehe ich all meinen Mut zusammennehme und es kurze Zeit später, begleitet von einem lautstarken Knarren, öffne. „Was zum Teufel...?", staune ich und betrete ein gigantisch großes antikes Gewölbe. Dutzende Gemälde zieren seine Wände, eines kunstvoller als das andere. Von goldfarbenen Rahmen umhüllt erzählen sie von aufregenden Abenteuern aus längst vergessenen Welten.

Ich nehme mir ausreichend Zeit, um diesen Ort zu erkunden, denn er hat es mehr als verdient gesehen zu werden. Kein unachtsamer Blick, keine Eile darf hier herrschen und ich verliere mich vollends in diesem atemberaubenden Anblick, der sich mir von allen Seiten bietet. So passiere ich einen Raum nach dem anderen und in jedem davon erwarten mich weitere prunkvolle Schätze. „Weshalb man mich wohl hierher gebracht hat?", überlege ich und halte Ausschau nach möglichen Anhaltspunkten, die mir eine Erklärung dafür liefern, weshalb ich hier bin. „Möglicherweise habe ich mein Ziel doch verfehlt." Im nächsten Zimmer angelangt mache ich eine Art Schlafstelle ausfindig, welcher ich mich behutsam nähere. „Elli und Nadine!", rufe ich erfreut und ein leichter Schauer durchflutet meinen Körper. Mutter und Tochter haben sich dicht aneinander gekuschelt und wirken dabei so friedlich, dass es eine wahre Freude ist ihnen dabei zuzusehen. Mit einem Mal überkommt mich das untrügliche Gefühl, schon einmal hier gewesen zu sein. Aus irgendeinem Grund fühlt sich dieser Ort eigenartig vertraut an. Angestrengt denke ich darüber nach, was es damit auf sich haben könnte, als mich etwas, oder besser gesagt jemand, aus meinen Gedanken reißt. „Na, soll ich dir ein wenig auf die Sprünge helfen?", höre ich eine Stimme sagen. Erschrocken mache ich einen unbeholfenen Schritt zu Seite, stolpere und kollidiere dabei um Haaresbreite an einem antik aussehenden Möbelstück. „Wie bitte?", gebe ich irritiert zurück, während ich versuche herauszufinden, wer da zu mir gesprochen hat. Wie aus dem Nichts taucht mitten im Raum eine mir unbekannte Frau mittleren Alters auf, die sich, prächtig über mich zu amüsieren scheint. Obwohl mich ihr abruptes Erscheinen durchaus ein wenig verärgert, setze ich meinen freundlichsten Gesichtsausdruck auf und sage: „Sie haben mich aber erschreckt." Die Unbekannte kichert verhalten und meint daraufhin: „Bitte entschuldige, fremde Leute zu erschrecken ist normalerweise nicht meine Art." Ohne es für notwendig zu erachten sich bei mir vorzustellen, plaudert sie munter drauf los. „Du fragst dich, weshalb du hier bist, habe ich Recht? Nun ja, genauer genommen befinden wir uns an einem Ort fernab von deinem irdischen Zuhause. Doch das ist noch längst nicht alles. Genauer gesagt befinden wir uns sogar auf einem anderen Planeten." Sie redet eine ganze Weile und fasziniert lausche ich ihren Erzählungen über fremden Welten und Reisen durch das Raum-Zeitgefüge. „Aber das würde ja bedeuten...", unterbreche ich sie und werfe einen fragenden Blick Richtung Bett. „dass die beiden in Wahrheit nicht von dieser Welt sind."

Die Schule hat Elli richtig viel Spaß gemacht und sie hat schnell Anschluss gefunden. Nur mit den Jungs war es etwas schwierig, von denen wurde sie öfters geärgert bzw. gehänselt. Sie musste sehr viel erleiden, was mich sehr traurig gemacht hat, weil ich ihr in der Hinsicht kaum helfen konnte. Ich habe ihr dazu geraten sich zur Wehr zu setzen. Hin und wieder tat sie das auch und hat dann jede Menge Ärger bekommen. Ich habe ihr immer gesagt, solange sie nicht anfängt, darf sie sich ruhig wehren, aber mit irgendwas beginnen, das macht man nicht. Wir haben unsere Tochter so erzogen, dass sie sich gut in die Lage anderer hineinversetzen konnte. Das hat sie verstanden, denn Gerechtigkeit war ihr sehr wichtig. Ihre Freundin Emmi und sie kannten sich schon seit Babytagen an und dann gingen sie auch noch zusammen in dieselbe Klasse. Emmi ist ein ruhiges Kind und lebt irgendwie in ihrer eigenen Welt. Die anderen Kinder haben das oftmals nicht verstanden, aber Elli wusste, warum sie so war. Die beiden waren stets füreinander da und haben sich gegenseitig beschützt. Das hat mich unglaublich stolz gemacht, denn Elli konnte, trotz ihres jungen Alters, meinem Empfinden nach, ihren Mitmenschen bereits weitaus mehr Empathie und Mitgefühl entgegenbringen als so manch Erwachsener.

Die geistige Welt ist Heimat der unterschiedlichsten Wesenheiten. Zunächst einmal gibt es da die Gruppe der Naturwesen, die, wie ihr Name schon sagt, eine starke Verbundenheit zur Natur aufweisen. Ferner gibt es die Engelwesen, die ebenfalls spezifischen Tätigkeiten nachgehen und eine eigene Gruppierung innerhalb der geistigen Welt darstellen. Dann gibt es noch die Sternenwesen, deren geistiger Ursprung, ebenso wie bei allen anderen Wesenheiten auch, nicht von dieser Welt ist. Jeder inkarnierte Mensch hat eine bestimmte Zugehörigkeit zu einer dieser Fraktionen und wird davon im Laufe seines Lebens auf gewisse Art und Weise beeinflusst. Das ist keineswegs schlimm, ganz im Gegenteil, denn hat man erst einmal herausgefunden, welcher Gruppierung man angehört, erhält man die Chance allerhand über sich selbst und seine wahre Herkunft in Erfahrung zu bringen. Ich bin davon überzeugt, dass es noch eine Vielzahl anderer Wesenheiten gibt, von deren Existenz wir bis jetzt (noch) nichts ahnen. Dennoch sind sie fester Bestandteil dieser Realität(en). Welten, die weitaus mehr beherbergen, als wir mit bloßem Auge wahrzunehmen vermögen.

Wann wird uns endlich bewusst werden, dass uns abseits unserer gewohnten physischen Realität noch so viel mehr erwartet? Was hält uns davon ab unsere Scheuklappen einen Augenblick lang zur Seite legen? Ist es unser Verstand, unser Ego, die beide erfolgreich dafür sorgen, dass wir das Offensichtliche nicht erkennen? Möglicherweise liegen in diesen Realitäten jene Antworten, nach denen wir seit Anbeginn unserer menschlichen Existenz suchen. Wer wir sind und welchem Zweck unser Aufenthalt hier auf Erden dient. Wann werden wir so weit sein und erkennen, dass wir längst in einem neuen Zeitalter angekommen sind? Eines steht schon einmal fest. Kein Stein wird auf dem anderen bleiben, ganz gleich, ob du gedenkst mitzumachen oder nicht. Dieser Prozess schreitet unaufhaltsam voran und wird auch vor dir nicht haltmachen. Er wird dich verändern, in jede Pore deines Seins dringen und dort wertvolle Transformationsprozesse in Gang setzen. Schritt für Schritt halten wir so Einzug in eine Welt, in der nahezu alles möglich ist und Wunder geschehen.

„Nadine, jetzt!", befehle ich und halte mit voller Kraft an diesem Gedanken fest. Doch statt in Nadines Zuhause, finde ich mich an einem gänzlich anderen Ort wieder. Genauer gesagt, lande ich mitten in einer Turnhalle, ähnlich einem Trainingszentrum. „Hab mich wohl verirrt", murmle ich und zucke mit den Schultern, als im nächsten Augenblick auch schon Nadine erscheint und mich überschwänglich begrüßt. „Wie kommst du denn hierher?", möchte ich von ihr wissen. „Deine Geistführerin Aki hat mich hierhergebracht", kichert Nadine. „Ich hoffe du kannst dich morgen daran erinnern", gebe ich zurück. „und jetzt lass uns keine Zeit verschwenden. Lass uns lieber Elli suchen."

„Guten Morgen, liebe Anika. Vergangene Nacht ist etwas Eigenartiges passiert. Während einer Wachphase habe ich plötzlich intensive Vibrationen wahrgenommen. Ich habe keine Ahnung, wer bzw. was das war oder ob ich mir das alles bloß eingebildet habe."

Sehr viele Menschen nehmen während des Einschlafprozesses Schwingungen unterschiedlicher Natur bzw. Intensität wahr. Manchmal sind sie kaum spürbar, ein anderes Mal wiederum haben wir das Gefühl regelrecht aus dem Schlaf gerissen zu werden. Die Mehrzahl der Betroffenen hat keinen blassen Schimmer was mit ihnen geschieht bzw. worum es sich dabei handelt. Nicht wenige tun diese Vibrationen als Produkt ihrer Fantasie ab, um sich nicht länger damit aufhalten zu müssen. Manch andere wiederum bekommen eine Heidenangst und befürchten, dass ihnen etwas Schlimmes bevorsteht. Niemand von ihnen weiß, dass es sich dabei um einen vollkommen natürlichen Prozess handelt, den wir ganz automatisch, Nacht für Nacht, mehrere Male durchlaufen. Der Prozess der Ablösung unseres nicht-physischen, energetischen Körpers.

Ab der dritten Klasse bekam Elli eine neue Klassenlehrerin, mit der wir leider so unsere Probleme hatten. Ich hatte den Eindruck, als hätte sie gewisse Lieblinge und die anderen Kinder wären dadurch weniger wichtig. Elina hat sich damit nicht besonders wohl gefühlt und ihre Noten haben sich verschlechtert. Trotzdem war sie eine gute Schülerin. Natürlich gab es hie und da auch mal Stress, aber ich wollte ihr verdeutlichen, dass sie nicht für uns, sondern für sich und ihre Zukunft, lernt. Häufig floss dann die eine oder andere Träne und Elli hat sich für ihr Verhalten entschuldigt. Aber mein Mann und ich haben ebenfalls Fehler gemacht und uns dafür entschuldigt, denn es war uns sehr wichtig, unserer Tochter klarzumachen, dass niemand perfekt ist. Auch Eltern machen Fehler und wir haben unser Bestes getan möglichst offen damit umzugehen. Ellis Wunsch war es Grundschullehrerin zu werden, genauso wie ihre Tante Mandy. Jeden Tag hat sie uns gezeigt, wie sehr sie uns liebt. Entweder hat sie uns übers Handy Herzen geschickt, oder sie hat kleine Botschaften gebastelt, die sie uns anschließend geschenkt hat. Nahezu alles davon habe ich aufgehoben. Sie hat uns stets vermittelt, dass sie uns liebt und wir die besten Eltern sind, die man sich nur wünschen kann. Damit hat sie uns sehr glücklich gemacht und sie wird für immer unser absolutes Traumkind sein.

Nichts von alledem, was ich Nadine auftrug, erschien ihr zu mühsam und sie war stets mit hundert Prozent bei der Sache. Mit jeder weiteren Nacht, die verging, schickten wir eine konkrete Absicht ins Universum und die Energieblase, die wir dabei erschufen, wuchs kontinuierlich. Es war lediglich eine Frage der Zeit, ehe wir Erfolg haben würden und bis dahin taten wir alles, um Nadines Wunsch, Elli wiederzusehen, endlich wahr werden zu lassen.

Am 13. Oktober 2021, zwei Tage nach mir, hatte Seraphine Geburtstag. Ich hatte Elina von der Schule geholt und weiß noch, dass sie in den beiden letzten Stunden Sport hatte. Wie üblich war sie gut gelaunt, vielleicht auch deshalb, weil sie abgeholt wurde. Leider war das nur sehr selten der Fall, weil ich zumeist bis zum Abend arbeiten musste. Diese exklusive Zeit mit meiner Tochter habe ich immer ganz besonders genossen, denn wir konnten über so vieles reden. Mein Mann hatte an dem Tag Nachtschicht. Zuhause angekommen klagte Elli über plötzliche Kopfschmerzen. Ich bat sie darum sich auszuruhen und für den Fall, dass es nicht besser werden sollte, wollten wir nicht zu Seraphines Geburtstagsfest und stattdessen zu Hause bleiben. Im Endeffekt sind wir dann aber doch hingefahren. Wie so häufig haben die beiden Mädchen oben im Kinderzimmer miteinander gespielt. Als es dann Zeit für die Geburtstagstorte war, kamen sie wieder runter. Ganze drei Stück hat Elli verdrückt, denn Erdbeertorte hat sie für ihr Leben gern gegessen. Danach gingen die beiden Mädchen wieder hoch, bis kurz nach halb sechs, als Seraphine zu uns kam und meinte, Elinas Augen seien seltsam verschleiert und sie würde eigenartige Geräusche von sich geben. Wir liefen sofort hoch. Oben angekommen fanden wir sie im Bett liegend vor und obwohl ich sie mehrere Male angesprochen habe, zeigte sie keinerlei Reaktion. Mir kam sofort die Möglichkeit eines epileptischen Anfalls in den Sinn und dass ich sie zur Seite legen müsste. Kurz darauf hat sie sich dann übergeben und zu weinen begonnen, aber richtig wach war sie nach wie vor nicht. „Alles wird gut!", habe ich noch zu dir gesagt. „Du kannst ruhig schlafen." Kurze Zeit später traf auch schon der Notarzt ein. Ein wenig später tauchte dann mein Mann auf. Natürlich ist er sofort zu Elli. Die Sanitäter baten ihn darum sie runterzutragen, doch als er sie auf seinen Arm nehmen wollte, hat sie vor lauter Schmerzen gewimmert.

Richtet man seinen Fokus über einen längeren Zeitraum auf eine bestimmte Person, so können dabei die spannendsten Dinge passieren. So überraschte es mich kaum, als sich eines Nachts, während meiner Meditation, spontan Elli zu Wort meldete. Sie hatte ihren Eltern etwas Wichtiges mitzuteilen und ich versprach ihre Botschaft weiterzuleiten. Sie lautete wie folgt:
Liebe Mama, lieber Papa,

wie um alles in der Welt könnt ihr denken ich sei böse auf euch? Nichts davon, was ihr getan habt, war falsch. Alles, was passiert ist, sollte geschehen. Ich spüre eure Schuldgefühle und die vielen unbeantworteten Fragen, die euch tagein tagaus quälen, aber nichts davon hat seine Berechtigung. Ihr beide wart mir wunderbare Eltern und ich wünsche mir nichts mehr, als dass ihr endlich damit aufhört euch Vorwürfe zu machen. Ich liebe euch von ganzem Herzen und nichts auf dieser Welt vermag etwas daran zu ändern. Wir drei sind ein Team und das werden wir auch eine ganze Weile lang bleiben. Bis wir uns wiedersehen, sollt ihr wissen, dass ich sehr oft bei euch bin. Ich danke euch für das Fenster, das ihr extra für mich dekoriert habt, damit ich jederzeit den Weg nach Hause finde. Ich nehme wahr, was ihr für mich macht, und höre jeden einzelnen Gedanken, den ihr an mich richtet. Wie könnte es auch anders sein? Ich habe euch niemals verlassen und in Wahrheit sind wir keine einzige Sekunde lang voneinander getrennt gewesen.

Nahezu täglich tauschten Nadine und ich uns über die Ereignisse der vergangenen Nacht aus und ich spürte deutlich die Energie, die wir dabei freisetzten. Gleichzeitig war man in der geistigen Welt bestens über unser Vorhaben informiert und indem wir jeden Abend um Unterstützung baten, stellten sich schon bald die ersten Erfolge ein und Nadine hatte Folgendes zu berichten:

Ich lag im Bett, als auf einmal ein leises Summen einsetzte und ich mehrere Stimmen bzw. Musik in meiner Nähe wahrgenommen habe. In dem Moment als ich meine Aufmerksamkeit darauf lenken wollte, war der ganze Spuk auch schon wieder vorbei. Einige Sekunden später wurde mir klar, dass ich soeben meinen physischen Körper verlassen hatte. Zunächst bekam ich ein wenig Angst, doch dann fiel mir ein, dass ich schon bald Elli wiedersehen könnte und entschied deshalb kurzerhand durchs Schlafzimmerfenster hinauszufliegen. Nach einer kleinen Runde im Garten, fing ich an abwechselnd nach Elli und dir zu rufen. Leider ohne Erfolg. Kurze Zeit später bin ich dann auch schon wieder in meinen Körper zurückgekehrt. Letzte Nacht dachte ich schon, dass nichts passieren würde und war deshalb ein bisschen traurig. Aber kurz darauf ist dann doch noch etwas passiert. Es war unglaublich schön und ich habe nicht damit gerechnet. Natürlich habe ich immer daran geglaubt, aber es am eigenen Leib zu erleben, war der absolute Wahnsinn.

Nadine hatte erfolgreich ihren physischen Körper verlassen und in den vergangenen Tagen immense Fortschritte gemacht, was mich nicht nur überaus stolz machte, sondern darüber hinaus zeigte, was für ein außerordentliches Talent in ihr schlummerte. Die geistige Welt verfolgt stets unser Tun und kein Gedanke, den wir fassen, und sei er auch noch so klein, bleibt unbemerkt. So kam es, dass Nadines Ehrgeiz und unermüdlicher Einsatz schon bald Früchte trugen und ihr ein Tor öffneten, das sie ihrem Ziel ein Stück weit näherbringen sollte.

Später im Krankenwagen hat Elli begonnen wie wild um sich geschlagen. Offensichtlich hatte sie Schmerzen und musste sich auf der Fahrt mehrmals übergeben. Die Ärzte hatten alle Hände voll damit zu tun sie stillzuhalten, immerhin musste sie untersucht werden. Dabei stellte man fest, dass ihre Pupillen unterschiedlich reagierten, weshalb man beschloss sie lieber in ein anderes Krankenhaus zu bringen. Für mich war das vollkommen in Ordnung, immerhin sollte sie die bestmögliche Behandlung von allen erhalten. Auf der Fahrt dorthin war ich zwar in Ellis Nähe, musste jedoch vorne sitzen. Der Fahrer war überaus nett und hat versucht mir Mut zu machen. „Für den Fall, dass es Epilepsie ist, lässt sich das bestimmt mit dementsprechenden Medikamenten in den Griff bekommen", dachte ich noch zu dem Zeitpunkt. Elli habe ich dann erst wieder so richtig im Krankenhaus gesehen, da war sie schon längst nicht mehr bei Bewusstsein. Ich habe dort eine gefühlte Ewigkeit mit Warten verbracht. Irgendwann tauchte dann endlich der Notarzt auf und wollte wissen, ob Elli etwas an den Kopf bekommen hätte, was ich ausdrücklich verneinte. Dann verschwand er auch schon wieder. Ein wenig später kamen dann zwei Ärzte zu mir und nahmen mich mit auf die Station. Bei der Gelegenheit informierten sie mich darüber, dass in der Sekunde an meiner Tochter, aufgrund einer schweren Hirnblutung, eine Notoperation vorgenommen wird. Die Chancen stünden äußerst schlecht, aber man würde alles Mögliche versuchen. Niemand hat mir Hoffnung gemacht, dass sie es doch noch schaffen könnte. In dem Moment fühlte ich mich nicht nur alleine, ich bekam auch furchtbare Angst.

Sobald ich mich dazu entschließe jemanden zu begleiten, frage ich stets die geistige Welt vorab um ihre Meinung. Nicht immer ergibt es Sinn oder ist für diese betreffende Person auch schon der richtige Zeitpunkt dazu gekommen. Niemand kann mit Sicherheit sagen, was für einen anderen Menschen vorherbestimmt ist, deshalb erscheint es mir durchaus sinnvoll eine zweite Meinung einzuholen. Bei Nadine aber war die Sache von vornherein klar. Dieser Weg war wie für sie geschaffen und daran bestand keinerlei Zweifel.

Irgendwann kam dann endlich auch mein Mann. Wir verbrachten eine gefühlte Ewigkeit mit Warten. Nach geschlagenen drei Stunden erschien endlich ein Arzt und teilte uns mit, dass durch den Druck auf Ellis Gehirn bestimmte Bereiche stark beschädigt worden waren und es so gut wie keine Hoffnung für sie gäbe. Erst die kommenden Tage sowie weitere Untersuchungen würden zeigen, wie es tatsächlich um unsere Tochter stünde. In dem Moment wollte ich meine Tochter einfach nur noch sehen. Gegen ein Uhr nachts brachte uns eine Schwester dann endlich zu ihr. Diese Bilder werde ich nie wieder vergessen, ebenso wenig wie die vielen Schläuche und Geräte. Ellis langes Haar war zur Gänze verschwunden, der Kopf bandagiert und ihr wunderschönes Gesicht stark geschwollen. Trotz alledem sah es fast so aus, als würde sie lediglich schlafen. Die meiste Zeit über blieben wir bei ihr, haben stundenlang um sie geweint und gehofft, dass doch noch ein Wunder geschieht. Wenn es nicht anders ging, fuhren wir dazwischen schon einmal nach Hause, kehrten aber so schnell wie möglich wieder ins Krankenhaus zurück. Die Krankenschwestern haben sich gut um Elli gekümmert, waren sehr freundlich und auch die behandelnde Ärztin war für uns da. Nicht einmal sie konnte sich erklären, was mit unserer Tochter passiert war. So saßen wir an Ellis Bett, haben ihr etwas erzählt und zusammen ihre Lieblingsgeschichten angehört.

„Achtung, Matschepfütze voraus!", quietscht Elli und stampft vergnügt ins kühle Nass. Wir halten einander an den Händen, Elli, Nadine und ich und rein gar nichts vermag unsere Laune zu trüben. Wir befinden uns auf einem riesengroßen Gelände, das wie geschaffen dafür ist, um Spaß zu haben und genau das ist es, was wir uns für die heutige Nacht vorgenommen haben. Es ist ein besonderer Moment, ein lang ersehntes Wiedersehen, das es gebührend zu feiern gilt. „Wie schön es ist, die beiden miteinander zu sehen", kommt mir in den Sinn, als ich Nadine beim Herumalbern mit ihrer Tochter zuschaue. „Hoffentlich kann sie sich morgen daran erinnern." Ich beiße mir fest auf die Lippe und schicke eine leise Bitte gen Himmel. Doch alles, was zählt, ist das Hier und Jetzt, dieser eine Augenblick.

Etliche Minuten vergehen, bis wir schließlich zu drei Türen gelangen. „Für welche davon sollen wir uns entscheiden?", frage ich, doch Elli hat ihre Wahl bereits getroffen und marschiert schnurstracks durch jene Tür, über der ein Regenbogen abgebildet ist. Der Raum, der sich dahinter verbirgt, ist kleiner als gedacht und als ich mich darin umsehe, entdeckte ich unzählige Schriftzeichen auf den Wänden. „Denkst du nicht, dass die Zeit für weitere Streicheleinheiten gekommen ist?", entziffere ich. Schon stürmt Elli auch schon darauf los und wirft sich Nadine um den Hals. „Ich hab dich lieb, Mama", haucht sie ihr dabei ins Ohr. Im selben Augenblick betreten mehrere Leute das Zimmer, darunter eine Frau, die ich sofort als eine weit entfernte Bekannte identifiziere. „Was machst du denn hier?", möchte ich von ihr wissen. „Dasselbe könnte ich dich fragen?", kontert diese und starrt wie gebannt Richtung Nadine. „Wie zum Teufel kommt sie denn hierher?" In dem Moment wird mir bewusst, dass meiner Bekannten möglicherweise überhaupt nicht klar ist, ebenso wie Nadine und ich, außerkörperlich unterwegs zu sein. „Möglicherweise hält sie das alles nur für einen besonders lebhaften Traum", kommt mir dabei in den Sinn. „Nun ja, ich habe sie abgeholt", antworte ich und zucke mit den Schultern. „Das ist das, was ich tue. Ich hole Leute ab und wir besuchen ihre Liebsten im Jenseits." Die Bekannte blickt mir ungläubig entgegen und ich kann förmlich sehen, wie es in ihrem Kopf zu rattern beginnt, wodurch sich mein Verdacht verhärtet, dass sie sich ihres momentanen Zustandes keineswegs bewusst ist. Eine ganze Weile lang stehen wir schweigend nebeneinander und mich überkommt das sichere Gefühl, dass sie keines meiner Worte verstanden hat. Irgendwann entschließt sie sich dann doch noch dazu eine Reaktion zu zeigen, dreht sich unbeholfen zur Seite und meint: „Habt ihr das gehört, Leute? Diese Frau hier holt andere Menschen ab und bereist zusammen mit ihnen das Jenseits. Also, wenn das nicht mal verrückt ist!"

Schlussendlich zeigten die Untersuchungen keinerlei Veränderungen. Zwar hatte man uns ein Zimmer für die Nacht gegeben, aber an Schlafen war nicht zu denken. Ich war die ganze Zeit über bei meiner Tochter, habe sie geküsst und gestreichelt. Ich hatte regelrechte Panik davor, was der nächste Tag mit sich bringen würde, schließlich sollte sich da herausstellen, ob es ihr besser geht. Bei den ersten Untersuchungen durften wir nicht dabei sein. Zu Beginn wurden Ellis Gehirnströme gemessen, aber sie zeigte keinerlei Reaktion, auch dann nicht, als ich mit ihr redete.

Als Nächstes unterzog man ihre Augen einer gründlichen Untersuchung, denn man wollte herausfinden, ob sie noch auf irgendetwas reagieren. Doch auch hier gab es nichts Positives zu berichten. Die letzte Untersuchung sollte zeigen, ob Elli überhaupt noch in der Lage ist, selbstständig zu atmen. Dazu nahm man sie von der Maschine. Weder mein Mann noch ich waren dabei, als das geschah. Nach und nach erschienen unsere Freunde und weitere Familienmitglieder, denn sie wollten für uns bzw. Elli da sein. Als wir anschließend wieder auf die Station kamen, erwartete man uns bereits. Die Ärzte teilten uns mit, dass um 13.12 Uhr Ellis Hirntod festgestellt worden sei. Das war wie ein Schlag ins Gesicht. Die Krankenschwestern haben ihr dann etwas Schönes, das mein Mann Tim extra von zu Hause mitgebracht hatte, angezogen. Ihr Kopf wurde verdeckt, damit sich keiner ihrer Freunde und der Familie erschrickt, weil mittlerweile der Verband fehlte. Nacheinander kam jeder herein, um sich von ihr zu verabschieden.

Nur noch wenige Stunden verbleiben, ehe der letzte Morgen dieses Jahres heranbricht. Ein weiteres Kapitel nimmt sein Ende und eine neue Seite im Buch des Lebens darf aufgeschlagen werden. Uns bleibt nicht mehr viel Zeit und ich wünsche Nadine nichts sehnlicher als ein Happy End, das niemals endet. Ein Ende, das einen Neuanfang und gleichzeitig einen Weg aus der Trauer mit sich bringt. Ich bewundere Nadine, für ihre Stärke und ihren unerschütterlichen Willen. Obwohl uns tausende von Kilometern voneinander trennen, habe ich eine neue Freundin dazugewonnen und an manchen Tagen habe ich sogar den Eindruck, als würden wir einander schon ewig kennen. Manchmal, wenn schlimme Dinge geschehen, fühlen wir uns orientierungslos und heillos verloren. Wenn sich alles um uns herum verdunkelt, erweckt es den Anschein, als würde kein Ausweg existieren, dabei bedarf es lediglich eines kleinen Anstoßes, um einen Stein ins Rollen zu bringen, der tief am Grunde des Meeres liegt und lange Zeit als verloren galt.

Man ließ meinem Mann und mir noch etwas Zeit, bevor auch noch die restlichen Geräte abgeschaltet wurden. Am 15. Oktober, um 17.12 Uhr, hat das Herz meiner Tochter zu schlagen aufgehört und weißt du was? Exakt in diesem Augenblick hat es draußen auch zu regnen aufgehört und die Sonne kam zwischen den Wolken hervor. Zusammen saßen wir an Ellis Bett und haben einander Geschichten erzählt. Wie lieb sie gewesen ist und was sie ausgemacht hat. Sogar eine der Krankenschwestern saß bei uns, obwohl sie längst Feierabend hatte. Es war hart unsere Tochter dort zu lassen und nicht mit nach Hause zu nehmen, aber das durften wir nicht.

Alles begann damit, dass ich deutliche Vibrationen gespürt habe, aber aus irgendeinem Grund gelang es mir nicht, mich von meinem Körper zu lösen. Also habe ich mich so schwer gemacht, dass ich einfach hinausgefallen bin. Anschließend bin ich raus in den Garten. Dort angelangt, habe ich zunächst einmal nach „klarer Sicht" und „Stabilität- jetzt" verlangt. Danach habe ich begonnen, nach Elli zu rufen. Ich bin abwechselnd rauf und runter geflogen und habe nach ihr Ausschau gehalten. „Das darf doch nicht wahr sein?", habe ich noch zu mir gesagt, denn jede Bewegung, jeder Grashalm hat sich so verdammt echt angefühlt. Mit einem Mal war Elli dann da. Sie war die ganze Zeit über hier, hat bereits auf mich gewartet und gespielt, genauso wie sie es immer getan hat. Ich bin sofort zu ihr und habe sie in den Arm genommen. „Du fehlst mir!", habe ich gesagt. „Ich liebe dich über alles." Um ehrlich zu sein, wollte ich sie gar nicht mehr loslassen. „Geht es dir gut?", habe ich gefragt, immer und immer wieder, aber ich konnte es einfach nicht oft genug hören. „Schau mal, wer da ist?", meinte ich zu ihr, als kurz darauf meine Großeltern auftauchten. Sie war wunderschön und trug eine schwarze Hose, ein rosa Langarmshirt und einen pinkfarbenen Bolero. Das weiß ich deshalb so gut, weil ich sie mir ganz genau angesehen habe. „Was hast du denn da Schönes an?", habe ich sie gefragt. Ich habe Elli nicht mehr aus meinen Armen gelassen und sie hat mir erzählt, dass sie sehr viele Freunde hat, dort wo sie nun ist. Meine Tochter wiederzusehen, war wunderschön.

Vier Monate später schafft Nadine es, nach regelmäßigem Üben, immer wieder ihren physischen Körper zu verlassen. Zwar sind ihre Austritte bislang nur von kurzer Dauer, aber sie übt weiter und möchte in jedem Fall dabei bleiben.

Elina

Neue Entwicklungen

Einsamkeit ist etwas, das früher oder später einem jeden von uns in irgendeiner Art und Weise begegnet. Das Gefühl, mit seinen Sorgen und Ängsten mutterseelenallein zu sein, niemanden zu haben, mit dem man darüber sprechen kann, ist alles andere als schön und kann durchaus schon einmal zur Belastung werden. Wir Menschen sind nicht dazu geschaffen, alleine zu sein. Wir benötigen Gesellschaft und ein Gegenüber, mit dem wir uns austauschen und in dem wir uns widerspiegeln können. So wie ein Baby seine Mutter braucht, um zu überleben, so verspüren wir ein Leben lang eine tiefe Sehnsucht danach zu lieben und geliebt zu werden. Nicht immer gehen unsere Wünsche in Erfüllung und wir erhalten rasch den Eindruck, vollkommen auf uns alleine gestellt zu sein. Dass uns in Wahrheit ein ganzes Team an geistigen Helfern zu Seite steht, das nur darauf wartet, uns tatkräftig unter die Arme zu greifen, wissen dabei die Wenigsten, und doch obliegt es allein uns, um Hilfe zu bitten. Niemand von ihnen wird ungefragt in unser Leben eingreifen, außer es ist Gefahr in Verzug. Wie konnten wir nur zulassen, dass unsere wahre Herkunft, die geistige Welt, in den Hintergrund rückt bzw. dermaßen in Vergessenheit gerät? Die Antwort ist: Ich weiß es nicht. Möglicherweise gehört es ganz einfach dazu, als Mensch hier auf Erden inkarniert zu sein und ist Teil des großen Plans. Vielleicht aber liegt es auch an uns dafür zu sorgen, dass wir uns eines Tages an all das erinnern werden. Glücklicherweise ist es niemals zu spät, eine neue Richtung einzuschlagen. Manche Menschen jedoch spüren, dass ihnen jemand zur Seite steht. Sie fühlen, dass sie so etwas wie einen Beschützer in ihrer Nähe haben, der ihnen dabei hilft, brenzlige Situationen unbeschadet zu überstehen. Kinder, die von unsichtbaren Freunden berichten und folglich als zu fantasievoll abgestempelt werden. Es ist ein Rad, das sich seit abertausenden von Jahren dreht und uns vergessen lässt, woher wir einst gekommen sind. Eines Tages werden wir der Wahrheit ins Auge blicken müssen und dabei erkennen, dass wir uns in vielerlei Hinsicht geirrt haben. Manche bezeichnen das als den Prozess des Erwachens und doch meine ich, dass wir stets nur einen kleinen Teil dessen sehen, was wir zurückgelassen haben und was wirklich ist. Ein kurzer Ausschnitt, ein flüchtiger Blick auf etwas, das sich nicht erklären, sondern lediglich erfühlen lässt.

Als ich vor knapp einem Jahr dieses Projekt ins Leben gerufen habe, hatte ich bloß diesen einen Wunsch. Ich bat die geistige Welt, dass sie mich auf diesem Weg unterstützen und begleiten möge, koste es, was es wolle. Damals wusste ich nicht, wie groß das öffentliche Interesse daran werden würde und doch war ich fest dazu entschlossen alles dafür zu geben, um meinen Plan bestmöglich in die Tat umzusetzen. Trotzdem war es alles andere als ein Kinderspiel und hat mich nicht nur einmal an meine persönlichen Grenzen gebracht. Kaum jemand weiß, wie viel Aufwand sich dahinter verbirgt. Am Ende erfreuen sich die Menschen viel lieber an den schönen Erlebnissen, die ich zu berichten habe, doch der Weg dorthin ist knallhart und keinesfalls einfach. Ich liebe, was ich tue, ich tun darf, ich zu tun bestimmt bin und doch habe ich mich nicht nur einmal gefragt, ob es tatsächlich das ist, was ich machen möchte. Denn der Preis, den ich dafür bezahle, ist hoch. Ich begleite Menschen nicht nur über mehrere Wochen hinweg, ich werde Teil ihres Lebens und umgekehrt. Dabei rückt nicht nur meine eigene Familie ein Stück weit in den Hintergrund, ich muss mich auch in vielerlei Hinsicht in Verzicht üben. Zu Beginn meiner außerkörperlichen Erfahrungen ging alles rasend schnell und obwohl es während meines Übungsprozesses wiederholt zu Stillständen kam, lernte ich in beachtlich kurzem Zeitraum meinen Körper zu verlassen und das Jenseits zu bereisen. Damals wusste ich nicht, dass meine Reisen zu einem erheblichen Anteil von der geistigen Welt sowie meiner Tochter Luna getragen wurden. Sie unterstützen mich dabei, diese Dinge zu erlernen und die ersten Schritte in eine mir vollkommen unbekannte Richtung zu machen. Im Laufe der Zeit wurde ich zunehmend besser darin und ich bekam den Eindruck als könnte mich nichts und niemand aufhalten. Ich durchlebte einen regelrechten Höhenflug, bis ich eines Tages erschrocken feststellte, dass es, aus unerfindlichen Gründen, zunehmend schwieriger wurde, mich meines physischen Körpers zu entledigen. Das irritierte mich nicht nur gewaltig, es ergab auch keinerlei Sinn. Hatte ich etwas Wesentliches übersehen oder gar etwas falsch gemacht? Frust und Enttäuschung machten sich in mir breit und ließen mich nachts kein Auge mehr zumachen. Nach und nach stellten sich meine anfänglichen Erfolge ein und ich kam nicht drumherum mich zu fragen, ob mich die geistige Welt für irgendetwas, das ich unwissentlich getan hatte, bestrafen wollte. Ich hatte das Gefühl, wieder vollkommen von vorne zu beginnen und fühlte mich meilenweit nach hinten katapultiert. War ich so töricht gewesen, fälschlicherweise anzunehmen, es könne ewig so weiter gehen, ohne, dass ich etwas dafür tun musste? Verzweifelt intensivierte ich meine Bemühungen und versuchte herauszufinden, was sich mir in den Weg gestellt hatte. Dass diese Schwierigkeiten ein wesentlicher Teil meiner Wegstrecke sein könnten, das kam mir zu dem Zeitpunkt nicht einmal im Entferntesten in den Sinn. Also tat ich, was ich immer tue, sobald ich mit Schwierigkeiten konfrontiert bin. Ich kämpfte und steigerte mein Engagement um ein Vielfaches. So kam es, dass ich mir nicht nur ein breitgefächertes Wissen über außerkörperliche Erfahrungen aneignen durfte, ich lernte auch sehr viel über mich selbst. Irgendwann gelangte ich an den Punkt, an dem ich, wollte ich nachts etwas erleben, haargenau wusste, was es dabei zu beachten galt. Zum Beispiel fand ich heraus, dass es einen wesentlichen Unterschied macht, welche Nahrungsmittel ich zu mir nehme, oder in welcher emotionalen Verfassung ich mich befinde. Ich näherte mich einem Zustand, der Fehler nicht länger zuließ, sondern hundertprozentigen Erfolg garantierte. Dennoch kannte ich nach wie vor nicht die Ursache für diese Entwicklungen. Wollte ich nachts reisen, so musste ich meinen gesamten Tagesplan danach ausrichten und akribisch darauf achten, kein bisschen davon abzuweichen. Ließ ich die Zügel etwas locker, so konnte es durchaus passieren, dass mein Vorhaben zum Scheitern verurteilt war und ich rein gar nichts erlebte. Glücklicherweise darf ich eine gehörige Portion Ehrgeiz mein Eigen nennen, was dazu führt, dass ich meine Grenzen immer wieder auslote und neu definiere. Rückblickend erkenne ich, dass diese Entwicklungen in Wahrheit ein unglaubliches Geschenk waren. Ich erhielt die einzigartige Chance, die jenseitigen Sphären zu erkunden. Anfangs wurde ich eine ganze Weile lang von der geistigen Welt getragen. Mir hätte klar sein müssen, dass irgendwann der Tag kommen wird, an dem man befindet, dass ich so weit sei, es auf eigene Faust zu versuchen. Genauso wie ein Kind das Fahrradfahren erlernt, kam irgendwann der Zeitpunkt, die Stützräder beiseite zu legen, um ganz von alleine das Gleichgewicht zu halten. Ich fühlte mich wie ein Vogel, der zum ersten Mal seine Flügel ausspreizt und erkennt, wie wenig er im Grunde genommen von der großen weiten Welt gesehen hat. Die geistige Welt zeigte Vertrauen, indem sie ihre Hilfeleistungen einstellte, weil sie wusste, ich würde es auch ohne sie schaffen. Ich setze alles daran, sie nicht zu enttäuschen und die Erwartungen, die sie in mich gesetzt haben, nicht bloß zu erfüllen, sondern rigoros zu übertreffen.

Carola

„Carola jetzt!", verlange ich und warte darauf, dass meiner Forderung unverzüglich Folge geleistet wird. Mittlerweile bin ich es gewohnt, dass Befehle, korrekt ausgeführt, augenblicklich ihre Wirkung entfalten. Dazu lasse ich mich stets von meinem Gefühl leiten, denn nichts ist stärker als das unerschütterliche Band der Liebe zweier Menschen füreinander. Bereits wenige Sekunden später klärt sich mein Sichtfeld und ich weiß, ich habe mein Ziel erreicht. Unter mir liegt das Meer. Ein ewig langer Ozean mit abertausenden von klitzekleinen Lichtpartikeln, die wie wild über die Wellen tanzen. Es ist und bleibt ein Abenteuer. Das Abenteuer Jenseits. Nicht mehr, aber auch nicht weniger. Lautlos gleite ich über die Wasseroberfläche, während die Sonnenstrahlen sanft meine Wangen umspielen. Ich bin auf der Suche nach jemandem. Zwei Seelen, nach denen sehnsüchtig von der anderen, irdischen Seite, verlangt wird. Es ist die Sehnsucht einer Mutter nach ihren Kindern, die mich antreibt und nicht aufgeben lässt. Eine unsägliche Kraft, die mich, weit über die Grenzen des Physischen hinaus, hierher an diesen Ort gebracht hat. So lasse ich mich durch die Lüfte treiben, wohl wissend, dass ich mein Ziel schon bald erreichen werde.

Sascha, Mischa und ich waren zu Lebzeiten eine Einheit, das sind wir auch jetzt noch, über ihren Tod hinaus. Wir sind auf ewig miteinander verbunden und ich spüre täglich ihre bedingungslose Liebe. Ich verließ ihren Vater sehr früh. Sascha war damals dreieinhalb und Mischa eineinhalb Jahre alt, aber ich wollte nicht, dass sie mitten im Streit aufwachsen. Wir hatten es nicht leicht und mussten auf vieles im Leben verzichten, weil das Geld einfach nicht für mehr reichte. Trotzdem bemühte ich mich darum, die Wünsche meiner Kinder nach Möglichkeit zu erfüllen. Ich schob sogar extra Nachtschichten, damit meine Jungs in den Urlaub fahren und fremde Länder kennenlernen konnten. Mischa, Sascha und ich waren eine eingeschworene Einheit und rein gar nichts passte zwischen uns. Beide waren wild und kaum zu bremsen. Nicht nur einmal war ich kurz davor meine Geduld zu verlieren, aber aus irgendeinem Grund wussten sie stets, wie ich mich fühlte. Dann kamen sie zu mir und sagten: „Mama, bitte entschuldige, wir lieben dich doch. Das wollten wir nicht!" Natürlich testeten sie ihre Grenzen bzw. mich aus, aber es gab niemals auch nur einen Moment lang ohne diese tiefe Liebe füreinander. Ganz gleich was sie machten, ich zeigte dafür Verständnis und nahm sie vor anderen in Schutz. Einmal am Sankt Martinstag sind wir wie so oft zu meinen Eltern gefahren. Die Jungs waren völlig überdreht, denn an dem Tag sind eine Menge Menschen aufeinandergetroffen. Mischa überspannte dabei völlig den Bogen und mein Daddy schimpfte mit ihm, woraufhin dieser lautstark verkündete: „Der Mann, der hier wohnt, ist böse!" Welch durchdachten Worte für einen Fünfjährigen und obwohl er seinen Opa keinesfalls kränken wollte, hielt ihn das nicht davon ab, seine Meinung kundzutun. Ich habe meinen Kindern stets gezeigt, dass ich stolz auf sie bin. Wir haben einander alles anvertraut und selbst wenn sie mir etwas nicht sofort erzählen wollten, rückten sie früher oder später doch mit der Sprache heraus, weil sie wussten, ich würde sie verstehen.

Carola und ich lernten uns vor zirka zwei Jahren kennen. Da sie in Deutschland wohnt, ich wiederum in Österreich, haben wir es leider (noch) nicht geschafft uns persönlich zu begegnen. Trotz der Entfernung fanden wir einen Weg uns miteinander auszutauschen, denn genauso wie ich, hatte auch sie einen schweren

Schicksalsschlag erlitten. Genauer genommen blieb es nicht nur bei dem Einen, denn Carola hatte im Laufe ihres Lebens ein Kind nach dem anderen verloren. Obwohl sie mehrere Male durch diese Hölle gegangen war, so hatte sie dennoch nie aufgegeben, denn tief in ihrem Innersten wusste sie, dass ihre Kinder nach wie vor bei ihr waren. Als fest stand, dass ich sie begleiten würde, verabredeten wir uns für die Dauer eines Monats und hatten dabei nichts Geringeres als den Himmel selbst zum Ziel. Ebenso wie Nadine erhielt auch Carola eine ganze Liste an Dingen, die sie zu beachten hatte und wir vereinbarten uns eine bestimmte Anzahl an Nächten, in denen wir unser Glück versuchen wollten.

Für Carola ging es dabei vorrangig darum, alltägliche Gewohnheiten zu hinterfragen und das eigene Ernährungsverhalten dementsprechend anzupassen. Einerseits hieß es sich möglichst zuckerfrei zu ernähren, andererseits durch weitere gezielt eingesetzte Methoden, ihre körpereigene Schwingung so hoch wie nur möglich zu halten. Um unsere Erfolgschancen zusätzlich zu steigern, legte nicht nur ich, sondern auch Carola nachts eine kurze Schlafunterbrechung ein. Gleichzeitig erhielt sie eine detaillierte Anleitung, die ihr das notwendige Knowhow vermittelte, um selbstständig außerkörperliche Erfahrungen einleiten zu können. Genauer gesagt waren es ganze fünf Nächte, die uns zur Verfügung standen und jeder von uns wusste dabei haargenau, was er zu tun hatte. Tags darauf tauschten wir uns miteinander aus und versuchten so unserem Ziel Schritt für Schritt näherzukommen.

„Guten Morgen, Carola. Sag, wie war deine Nacht? Ich habe dich im Beisein deiner Kinder auf einer traumhaft schönen Insel angetroffen. Kannst du dich daran erinnern?"

„Guten Morgen, liebe Anika. Meine Schlafunterbrechung verlief ganz okay. Ich konnte mich gut entspannen, als ich plötzlich deutliche Vibrationen wahrgenommen habe. Noch dazu hatte ich das Gefühl, dass sich irgendetwas oder irgendjemand an meinen Beinen zu schaffen macht. Leider hatte ich danach ein totales Blackout und weiß daher nicht, was in weiterer Folge geschehen ist."

Vielleicht fragst du dich nun, wie so eine typische Abholnacht aussieht? Idealerweise begibt sich mein Reisepartner spätestens um zweiundzwanzig Uhr zu Bett. Das ist äußert wichtig, um dem eigenen Körper ausreichend Zeit zu geben, um sich von den Strapazen des Alltags zu erholen. Im Laufe der Nacht kommt es zu wesentlichen Veränderungen unseres Schlafzyklus. Die Traumphasen werden länger, wohingegen sich die Tiefschlafphasen deutlich verkürzen, was von entscheidender Bedeutung ist, wenn es um das Erleben von außerkörperlichen Erfahrungen geht.

Im nächsten Schritt gilt es eine gezielte Schlafunterbrechung einzulegen, um in jenen Bereich des menschlichen Bewusstseins zu gelangen, welcher das Auftreten von Erlebnissen mystischer Natur begünstigt. Den passenden Zeitpunkt, sowie die ideale Dauer dafür zu finden, kann durchaus etwas kniffelig sein, denn jeder Mensch ist individuell und funktioniert anders. Hast du aber einmal herausgefunden, wie dein Körper tickt, dann kannst du, sofern du das möchtest, jede Nacht etwas erleben. Am Ende der Schlafunterbrechung geht es dann ans Eingemachte. In jeder Nacht besitzt mein Reisepartner die Chance, es aus eigener Kraft aus seinem physischen Körper zu schaffen, sollte das aber, aus welchen Gründen auch immer, nicht möglich sein, komme ich ins Spiel. Sobald ich außerkörperlich bin, steuere ich umgehend meine

Zielperson an. Befindet sie sich nach wie vor in ihrem physischen Körper, ziehe ich kurz an ihren Beinen und löse so ihren Astralkörper. In den meisten Fällen spüren die Betroffenen das auch und nehmen ein mehr oder weniger intensives Ziehen an ihren unteren Extremitäten wahr. Auch Carola hatte den Prozess der Separation bewusst und mit all ihren Sinnen wahrgenommen, jedoch die Erinnerung daran, was danach passiert ist, zur Gänze verloren. Das stellt keine Seltenheit dar, sondern geschieht recht häufig, insbesondere in den ersten Nächten. Letzten Endes bleibt die eigene Erinnerungsfähigkeit die größte Hürde von allen. Warum das so ist, lässt sich rasch erklären. Außerkörperliche Erfahrungen finden in einem sehr tiefen Bewusstseinszustand statt, der Träumen sehr ähnlich ist. Erlebnisse aus dieser Ebene ins Wachbewusstsein mitzunehmen ist eine Sache der Übung und muss, so wie vieles im Leben, erlernt werden.

Weil ich arbeiten ging waren meine Jungs bereits sehr früh „Schlüsselkinder". Mir war es wichtig ihnen ein gutes Leben zu ermöglichen und so waren sie nach der Schule meistens allein zu Hause. Einmal kam ich früher als geplant nach Hause, als Sascha mir entgegengelaufen kam. Er war damals erst acht Jahre alt. „Mama komm bitte mit, ich möchte dir etwas zeigen", rief er und war sichtlich aufgeregt. Er führte mich zum Badezimmer, strahlte mich an und meinte: „Ich habe bereits das Badezimmer geputzt. Jetzt hast du nur Zeit für uns!" Ich traute meinen Augen nicht, denn der kleine Kerl hatte tatsächlich das gesamte Badezimmer geschrubbt. Die Spuren waren noch deutlich zu erkennen. Ich nahm ihn in den Arm und nach dem Mittagessen gingen wir zusammen in den Stadtgarten. Abends, als die Jungs dann im Bett waren, musste ich dann erst einmal das Badezimmer sauber machen. Trotzdem war ich auf Sascha stolz und zeigte ihm das auch. Die beiden wussten schon in jungen Jahren, was sie wollten bzw. was nicht. Als Mischa sechs Jahre alt war, fragte er mich, ob ich ihm ein Hemd kaufen könnte. „Natürlich bekommst du ein Hemd", sagte ich. „Aber das musst du dann selbst bügeln. Schaffst du das?" Um ehrlich zu sein habe ich fest damit gerechnet, dass er es sich wieder anders überlegt. Stattdessen meinte er: „Mama, natürlich werde ich mein Hemd bügeln. Zeig mir nur wie!" Also kaufte ich ihm ein Hemd und in der Tat hat er es selbstständig gebügelt. Ich konnte mich immer auf meine Jungs verlassen, außer es ging um die Schule. Viele Abende bin ich im Wohnzimmer gesessen, habe geweint und darüber nachgedacht, was aus ihnen werden würde bzw. welchen Beruf sie wählen würden.

Carola war keinen Deut weniger motiviert als ich und befolgte jede meiner Anweisungen, ohne sie auch nur einzige Sekunde lang infrage zu stellen. Sie stellte ihre Ernährung um, verzichtete auf Alkohol, Zucker sowie abends auf schwer verdauliches Essen. Nebenbei arbeitete sie an ihrer Traumerinnerung, meditierte regelmäßig und tat alles dafür, um ihre Kinder endlich wiederzusehen und siehe da, eines Morgens hatte sie tatsächlich etwas zu berichten. Etwas, das mich staunen und gleichermaßen aufhorchen ließ.

Ich habe wie üblich meditiert, als ich mich plötzlich an einem gänzlich anderen Ort wiederfand. Zu Beginn saß ich auf einer bunten Sommerwiese und war alleine, aber kurze Zeit später tauchte mein Sohn Sascha auf. Er kam zu mir und nahm mich in den Arm. Danach folgte Mischa und auch wir umarmten uns. Als Nächstes gesellten sich Josef und Matthias hinzu, die ich beide während der Schwangerschaft verloren habe. Sie waren jünger als ihre größeren Brüder und dennoch keine Babys mehr. Ich habe mich zu ihnen hinab gebückt und sie nacheinander in meine Arme geschlossen. Zum Schluss tauchte meine wunderschöne Katharina auf, die ich ebenfalls sehr früh verloren habe. Ich habe mich so gefreut sie hier anzutreffen, dass ich sie gar nicht mehr loslassen wollte. Im Anschluss sind wir zusammen eine Runde spazieren gegangen. Es war einfach unbeschreiblich, denn alle meine Kinder waren bei mir. Wenn ich dir so darüber berichte, kommen mir auch schon wieder die Tränen, so schön war es.

Schließlich machten beide eine Ausbildung. Sascha zum Garten- bzw. Landschaftsbauer und Mischa zum Maler und Lackierer. Am Ende entschieden sie sich dann aber dazu, einer anderen Tätigkeit nachzugehen. Sascha arbeitete in einem Drogerielager und Mischa erfüllte sich seinen lang gehegten Wunsch und ging zur Bundeswehr. Ich hätte nicht stolzer sein können. Wir drei waren ein großartiges Team. Ganz egal, wer von uns ein Problem hatte, die beiden anderen waren sofort zur Stelle. „Für jedes Problem gibt es eine Lösung", habe ich dann stets gesagt. Dass ich damit eines Tages falsch liegen würde, davon ahnte ich zu dem Zeitpunkt noch nichts, denn als Sascha starb, hatte ich dafür alles andere als eine Lösung parat und Mischa und ich sind in ein tiefes Loch gefallen. Zwar versuchten wir mit allen Mitteln einander zu helfen, aber unser Team war nicht mehr länger vollzählig und die Lücke, die Sascha hinterlassen hatte, ließ sich durch nichts und niemanden schließen. Wir benötigten viel Zeit, um wieder einigermaßen zu funktionieren. Danach versteckten Mischa und ich uns hinter einer Maske, damit keiner sehen konnte, was Saschas Verlust mit uns gemacht hatte. Natürlich wussten wir, wie es dem jeweils anderen ging, jedoch verloren wir kein einziges Wort darüber. Nachdem Sascha gestorben war, schickte er mir verschiedene Zeichen. Einmal erkannte ich deutlich seine Silhouette, ein anderes Mal spürte ich, wie er seine Hand auf die meine legte, um mich zu trösten. Er hat mir Buchstaben in die Wolken gemalt und meinen Blick auf ein Straßenschild gelenkt, auf dem „Mama" geschrieben stand.

„Guten Morgen, liebe Carola. Wie war deine Nacht? Kannst du dich an irgendetwas erinnern?"

„Guten Morgen, liebe Anika. Ja, kann ich! Ich habe gespürt, wie du mich aus meinem Körper gezogen hast. Im nächsten Augenblick fand ich mich an einem mir unbekannten Ort wieder. Alle meine Kinder waren da. Wir haben uns miteinander unterhalten und hatten eine prächtige Zeit. Leider kann ich mich nicht mehr im Detail daran erinnern, worüber wir gesprochen haben, aber was bleibt, ist das Gefühl einer unglaublich tiefen Liebe."

Mischa veränderte sich. Sobald es ihm schlecht ging, wurde er laut und aufgedreht. Er war nicht mehr so geduldig wie früher, denn sein Bruder, der wie ein Idol für ihn gewesen ist, war nicht mehr länger bei ihm. Wir haben viel miteinander unternommen, darunter mehrere besondere Ausflüge. Ich wollte möglichst viel Zeit mit ihm verbringen und bin dafür sehr dankbar. Einmal sind wir nach Mallorca zum Ballermann geflogen und Mischa und ich haben uns dort ein Zimmer geteilt. „Möchtest du denn nicht lieber ein Einzelzimmer?", habe ich ihn noch gefragt, aber das wollte er nicht. Für mich war das ein Beweis seiner Liebe. Wir haben dort drei wunderschöne, verrückte und ausgelassene Tage verbracht und ich hatte das Gefühl, als würden wir ein Stück weit unser Leben zurückerobern.

Während unserer gemeinsamen Zeit legten Carola und ich großen Wert darauf, alles möglichst entspannt und stressfrei anzugehen, was sehr gut war, denn Druck auszuüben, war keineswegs förderlich. Aus diesem Grund achteten wir ganz besonders darauf, regelmäßig Pausen einzulegen, um den Kopf freizubekommen und neue Energien zu tanken.

„Ich bin mir sicher, du wirst begeistert sein", meint Dea zu mir gewandt. Wie bei jedem unserer Treffen sieht sie wieder einmal absolut umwerfend aus. Ihr dunkelbraunes Haar locker zu einem Zopf geflochten und mit einem kecken Lächeln auf den Lippen geht sie eifrigen Schrittes voran und ich weiche ihr keinen Zentimeter von der Seite. Nach einem kurzen Spaziergang erreichen wir einen schnuckeligen, kleinen Hafen. Ich liebe das Meer und alles, was damit zu tun hat, und doch habe ich noch nie zuvor einen Ort wie diesen gesehen. Ich lehne mich gegen das hölzerne Geländer an der Promenade, welches durch die Sonne wunderbar warm geworden ist und werfe einen verträumten Blick gen Meer. „Du hast recht!", seufze ich. „Es ist wunderschön." Am liebsten würde ich noch hier bleiben, aber Dea hat anderes im Sinn. „Komm!", sagt sie und zeigt auf eines der Schiffe. „Wir müssen weiter." Mittlerweile ist sie zu meiner engsten Vertrauten geworden und ich vertraue ihr auf ganzer Länge. Wir sind ein großartiges Team und entwickeln uns gleichermaßen weiter. Während wir das Ufer immer weiter hinter uns lassen, mustere ich voller Neugierde die unzähligen Schiffe, die sich zu meinen Füßen tummeln. Eines davon erweckt ganz besonders meine Aufmerksamkeit und wenige Augenblicke später setzen wir auch schon an dessen Deck zur Landung an. „Hallo? Jemand hier?", rufe ich und klopfe mehrmals mit meiner Faust gegen die Reling. Um meiner Reise die notwendige Stabilität zu verleihen, versuche ich meine Aufregung so gering wie nur möglich zu halten, denn eine vorzeitige Rückkehr wäre alles andere als gut. Im selben Moment tritt uns auch schon eine Frau mit langen, blonden Haaren aus der Kajüte entgegen. „Herzlich willkommen! Schön, dass ihr da seid!", begrüßt sie uns und umarmt uns überschwänglich. Die Energie, die sie dabei ausstrahlt, ist voller Wärme und Liebe. Doch was mich weitaus mehr erstaunt, ist die Tatsache, dass sie Carola wie aus dem Gesicht geschnitten ist. „Natürlich tue ich das", gibt mir die junge Frau zu verstehen. „Ich bin Katharina, Carolas Tochter." Tatsächlich! Diese Frau sieht Carola nicht nur zum Verwechseln ähnlich, sie gehört obendrein zur Familie. Ich erinnere mich noch gut daran, als ich von ihr erfahren habe und davon, dass sie bereits vor ihrer Geburt die irdische Ebene verlassen hat. „Wir haben uns ja bereits kennengelernt!" Mit einem Mal taucht Mischa auf und gesellt sich ebenfalls zu uns. In seinem roten T-Shirt und den dazu passenden Shorts sieht er einfach umwerfend aus. „Ob Sascha auch hier ist?", kommt mir dabei in den Sinn und ich werfe Mischa einen fragenden Blick zu. Wie auf Knopfdruck treten hinter ihm drei weitere Gestalten in Erscheinung. „Darf ich vorstellen?", sagt Mischa. „Sascha kennst du ja bereits und das hier, das sind Josef und Matthias."

Dann kam der Tag, an dem auch Mischa vorausging und mein Leben zum Stillstand kam. Wie um alles in der Welt sollte ich nur weitermachen? Keine Ahnung warum, aber aus irgendeinem Grund sprach danach ein Teil der Familie kaum mehr mit mir und ich erhielt von niemand Geringerem als meinem verstorbenen Sohn Mischa die Erklärung dafür. Obwohl er nicht mehr hier war, half er mir zu verstehen, was vor sich ging. Von da an nahmen die

Zeichen zu. Bis heute senden mir meine Söhne Botschaften, damit es mir leichter fällt, meine verbleibende Zeit auf Erden, ohne und dennoch mit ihnen, zu überstehen. Am Anfang dachte ich: „Carola, das bildest du dir bloß ein!" Aber mittlerweile verstehe ich meine Jungs zunehmend besser und konnte auch schon etliche ihrer Nachrichten auf ihre Richtigkeit hin überprüfen. Ich bin den beiden unendlich dankbar, denn sie sind bei mir und möchten, dass ich meinen Weg hier auf Erden finde. Sie waren schon zu Lebzeiten meine Beschützer und sind es auch jetzt noch. Dafür bin ich ihnen dankbar. Wir haben einen Weg gefunden, über den Tod hinaus, miteinander zu kommunizieren und ich habe gelernt meiner inneren Stimme zu vertrauen und alles fließen zu lassen. Ich habe keine Kontrolle über den Verlauf meines Lebens, habe aber die Unterstützung meiner Kinder und der geistigen Welt. Alles, was passiert und jede noch so unbedeutende Begegnung hat einen Grund. Entweder sollen wir etwas über uns selbst lernen oder es ist an unserem Gegenüber etwas zu lernen. Wir alle sind in absoluter Liebe miteinander verbunden, nur haben das viele Menschen vergessen. Als mich Anika gefragt hat, ob sie mich begleiten darf, habe ich mich wahnsinnig gefreut und auch meine Kinder haben mir bereits vorab mitgeteilt: „Mama, das wird ein Fest, wir freuen uns auf euch!"

Schließlich neigte sich unsere gemeinsame Zeit allmählich ihrem Ende zu. Woche um Woche war an uns vorübergezogen und Carola hatte bereits so einiges an Erlebnissen zu berichten. Zwar konnte sie sich nicht an jede einzelne Begegnung mit ihren Kindern erinnern, wusste aber dennoch, dass sie bei ihr waren und so kam es, dass sie nach unserer letzten gemeinsamen Nacht Folgendes zu berichten hatte:

Heute Morgen, zwischen 6:30 und 8:00 Uhr, war es endlich soweit und ich habe meine Jungs getroffen. Ich habe Mischa sofort in den Arm genommen und konnte dabei deutlich den Druck seiner Umarmung spüren. Um ehrlich zu sein, wollte ich ihn gar nicht mehr loslassen, woraufhin er amüsiert meinte: „Mama, das brauchst du doch gar nicht. Halte mich ruhig so lange fest, wie du möchtest." Wir lachten und alberten herum, genauso wie wir es früher getan haben. Ich habe meine Jungs in ihrer ganzen Pracht gesehen. Von Trauer war weit und breit keine Spur. Da war nur diese unbeschreibliche Freude mit ihren unzähligen hellen, schönen Farben. Ich bin jetzt noch völlig beseelt davon. Meine Kinder wiederzusehen, war einfach fantastisch.

Mischa und Sascha

Asisa

Es ist eine dieser Nächte, in denen alles wie am Schnürchen läuft. Die Schwingungen, der Austritt, nichts davon bereitet mir Probleme und intuitiv mache ich einen Schritt nach dem anderen. In den vergangenen Monaten habe ich mir in Bezug auf meine Reisen ein gewisses Maß an Souveränität angeeignet, was äußerst hilfreich ist, wenn es darum geht, konkrete Ziele anzusteuern. Demzufolge ist meine Fehlerquote rapide gegen null gesunken und ich weiß exakt um die einzelnen Schritte Bescheid. Das macht mich nicht nur glücklich, sondern gibt mir auch die Bestätigung, nach der ich lange gesucht habe. Das Jenseits zu betreten ist Teil meiner Berufung und daran wird sich rein gar nichts ändern. Bereitwillig nehme ich an, was mir Nacht für Nacht zuteilwird und sammle Puzzlestück für Puzzlestück, um sukzessive ein großes Gesamtbild entstehen zu lassen. Das heutige Ziel steht bereits seit geraumer Zeit fest und ich weiß, auch dieses Mal werden Tränen der Freude fließen.

Mein Bruder heißt Joachim, aber die meiste Zeit über haben wir ihn Hassan genannt. Er kam am 04.01.1962, als erstes Kind unserer Familie, zur Welt. Mein Bruder war ein Abenteurer, ein Rebell und hohes Lichtwesen. Aber er war auch wissbegierig, neugierig und konnte keine zwei Sekunden lang ruhig bleiben. Als er noch klein war, musste man ihn deshalb sogar im Kinderwagen anbinden, sonst wäre er glatt von dort abgehauen. Meine Mutter hat mir erzählt, dass es mit Hassan nicht immer einfach war, weil er häufig etwas angestellt hat und sich kaum beruhigen ließ. Er musste alles ausprobieren und hatte vor kaum etwas Angst.

Ich lernte Asisa vor etlichen Jahren in Zuge einer gemeinsamen Ausbildung kennen. Was mir sofort an ihr auffiel, war diese unbestechliche Lebensfreude, mit welcher sie ihre Tätigkeit als Medium ausübte. Abgesehen davon ist sie einfach unschlagbar, wenn es um das Legen von Lenormandkarten geht, immerhin beschäftigt sie sich bereits seit ihrer Kindheit damit. Im Laufe seines Lebens trifft man auf die unterschiedlichsten Menschen. Man schließt Freundschaften, knüpft Kontakte, löst alte Bande, um sich auf Neue einzulassen. Manchmal kommt es dabei vor, dass man jemanden kennenlernt und sofort das Gefühl hat, man kenne einander schon ewig. Für mich ist das stets ein sicheres Anzeichen dafür, dass ich dieser Person vollends vertrauen kann und sie keineswegs grundlos in mein Leben getreten ist. Bei Asisa war das zweifellos der Fall und ich schloss sie vom ersten Moment unserer Begegnung an in mein Herz. Abgesehen davon herrscht zwischen uns keinerlei Konkurrenz, obwohl wir in demselben Bereich tätig sind. Ganz im Gegenteil, wir unterstützen einander, wo es nur geht, und schätzen die Fähigkeiten der jeweils anderen. Leider ist ein derartiges Miteinander in der spirituellen Szene nur sehr selten zu finden. Neid und Missgunst stehen hier ebenso an der Tagesordnung, wie in allen anderen Bereichen des täglichen Lebens. Man könnte meinen, dass Menschen, die sich tagein und tagaus mit derartigen Themen befassen, es besser wüssten und doch ist dem bedauerlicherweise nicht immer so. Asisa hilft, wo sie nur kann, und manchmal habe ich sogar den Eindruck, dass es besser für sie wäre, wenn sie mehr auf sich und ihre eigenen Bedürfnisse achtgeben würde. Sie ist ein Herzensmensch und lebt bzw. liebt ihre Leidenschaft und Verbundenheit zur geistigen Welt an jedem einzelnen Tag. Irgendwann erzählte sie mir, dass sie bereits sehr früh zwei liebe Menschen verabschieden musste. Für mich stand fest, dass ich ihr helfen wollte und Asisa willigte sofort ein.

Eines Tages warf man Hassan von der Schule. Das lag einerseits an den vielen Fehlzeiten, von denen meine Eltern erst viel später erfuhren, andererseits daran, dass er einfach nicht den Mund halten konnte und gern mit seinen Lehrern oder Klassenkollegen diskutierte. Wenn du mich fragst, hat die Schule ihn nie so recht interessiert, ganz zum Leid meiner Eltern, denn wir wuchsen in einem kleinen Dorf auf, wo derartige Vorkommnisse schnell die Runde machten. Hassan liebte es draußen zu sein und auch für alles Übersinnliche zeigte er früh Interesse. Eines Tages beschloss er, mit nichts, als einem Rucksack im Gepäck durch die große weite Welt zu reisen. Davon verbrachte er sechs Monate in Indien und auch in Frankreich war er eine Weile. Ich bin mir nicht sicher, aber ich denke, er war damals um die achtzehn Jahre alt. Keine Ahnung, ob es von Bedeutung ist, aber mein Bruder war homosexuell und outete sich, als er noch in Marokko war.

„Das ist der absolute Wahnsinn!", rufe ich voller Begeisterung. Es ist Anfang Februar und ein weiteres spannendes Abenteuer nimmt seinen Anfang. Meine Schlafunterbrechung verläuft ohne nennenswerte Zwischenfälle und katapultiert mich auf direktem Wege ins Jenseits. Wie üblich nehme ich mir zu Beginn etwas Zeit, um meine Umgebung etwas genauer unter die Lupe zu nehmen, immerhin erhält man nicht alle Tage die Gelegenheit dem Himmel einen kleinen Besuch abzustatten. Ich bin überwältigt und vergesse beinahe den eigentlichen Grund meines Aufenthaltes. Über mir, der Himmel, ohne Anfang und Ende. Zu meinen Füßen, das Meer, in einer Herrlichkeit, wie ich sie noch nie zuvor in meinem Leben gesehen habe. Azurblaues Wasser, das mich bis an den Grund blicken lässt. Wie um alles in der Welt soll man etwas in Worte fassen, dem man noch nicht einmal in seinen kühnsten Träumen begegnet ist? Es ist ein Ding der Unmöglichkeit und doch möchte ich es versuchen. Fürs Erste beende ich meine

Bestandsaufnahme und besinne mich meines ursprünglichen Ziels, dem Grund, weshalb ich hier bin. Unverzüglich taucht unter mir ein gigantisches Kreuzfahrschiff auf. Trotz seiner Größe gleitet es nahezu lautlos über das Meer und lässt anmutig Welle über Welle hinter sich. „Hier werden wir einander wiedersehen", dringt eine Stimme sanft an mein Ohr. „Hier ist der Ort, an dem die Grenzen zwischen den Welten nicht länger existieren."

Mein Bruder und ich sind die beiden Erstgeborenen unserer Familie, wobei wir sehr viel Zeit bei unserer Großmutter in Marokko verbracht haben. Diese Frau hat ihr gesamtes Leben lang schwarze Magie praktiziert, aber nicht nur mit uns, sie machte das mit nahezu jedem. Ihr Tun hinterließ deutliche Spuren, immerhin waren wir noch Kinder und ich empfand die Zeit dort als schrecklich. Zu dem Zeitpunkt kamen mein Bruder und ich noch relativ gut miteinander aus, denn in Grunde genommen hatten wir nur einander. Im Laufe der Zeit wurde Hassan zunehmend eifersüchtig, wodurch sich unser Verhältnis deutlich verschlechterte. Heute kann ich sein damaliges Verhalten aus einem anderen Blickwinkel betrachten und ich habe meinen Frieden damit geschlossen, denn es war für keinen von uns beiden einfach. Als wir acht bzw. zwölf Jahre alt waren, wurden unsere Eltern zum ersten Mal festgenommen. Im Alter von fünfzehn begann mein Bruder sich täglich Heroin zu spritzen. Ich selbst war noch viel zu jung und naiv, um etwas davon zu bemerken, vielleicht auch deshalb, weil in unserer Familie ständig etwas los war und wir, mehr oder weniger, von unseren Großeltern großgezogen wurden. Nach dem Absitzen seiner Gefängnisstrafe durfte unser Vater nicht mehr länger hierbleiben und musste zurück nach Marokko. Im selben Jahr verstarb dann unser Großvater und ein paar Monate später unsere Großmutter. Das veranlasste meine Mutter dazu, ebenfalls nach Marokko zurückzukehren und ein halbes Jahr später entschied Hassan Dasselbige zu tun. Zu dem Zeitpunkt war mein Vater schon längst in Marbella und baute sich dort etwas Neues auf. So war mein Bruder als einziger von uns Kindern in der Nähe unserer Eltern.

„Er hat sich seine verdammte Seele aus dem Leib getanzt, wenn man das so sagen darf. Sein Tanz war wild, hemmungslos, vollkommen unbeschwert und hat aus einem tiefen inneren Frieden heraus stattgefunden. Vergangene Nacht habe ich deinen Bruder getroffen und er möchte, dass du weißt, dass er immerzu in deiner Nähe ist. Er weiß es, Asisa. Er weiß, dass du ihn schon bald besuchen wirst."

Unser Abenteuer begann rigoros und es erschien mir wichtig, einen Eindruck davon zu bekommen, wo genau Hassan sich aufhält. Trotzdem war es lediglich ein kurzer Einblick in eine Welt, die ein unendlich weites Spektrum an Möglichkeiten bietet. Nicht nur, dass dort gänzlich andere Gesetzmäßigkeiten herrschen, als wir es hier von der Erde gewohnt sind, dort lassen sich auch alle erdenklichen Wünsche manifestieren bzw. zum Ausdruck bringen.

Hassan verschlang Bücher ohne Ende. Ich habe mich stets gefragt, wie man nur so schnell und vor allem solch dicke Wälzer lesen kann. Er war unheimlich wissbegierig und kannte gefühlt Millionen von Büchern. In Marokko nahm seine spirituelle Reise dann ihren Anfang. Er erlernte das Kartenlegen und interessierte sich für Magie jeglicher Art, aber auch für Pflanzen, Kräuter und diverses Räucherwerk. Man konnte ihn nahezu alles fragen, er hatte stets eine Antwort parat. Im Laufe der Zeit entwickelte sich Hassan zu einem hervorragenden Kartenleger sowie Heiler und hat damit vielen Menschen geholfen. Nebenbei war er als Reiki Lehrer (Meister) tätig und bildete auch selbst welche aus. Mit der Zeit hatte er seine fixe Stammkundschaft, die in regelmäßigen Abständen zu ihm kam. Abgesehen davon kannte er noch einen

Haufen anderer Leute. Mein Bruder war überaus kommunikativ, freundlich, liebevoll und mein Fels in der Brandung. Ganz besonderes Interesse zeigte er für Steine. In seinem Haus auf Gran Canaria hatte er einen ganzen Schrank voll davon, aber auch Unmengen an Kartendecks und Bücher haben wir nach seinem Tod dort gefunden und mit nach Hause genommen.

Mir ist kalt. Eine dicke, graue Nebelschicht legt sich um mich. Sie umschließt mich wie ein eisiger Mantel und hinterlässt ein Gefühl der Trostlosigkeit und Leere. Hie und da durchbricht ein dunkler, kahler Ast das triste Himmelsblau und in weiter Ferne mache ich so etwas wie ein in die Jahre gekommenes Schwimmbad ausfindig. Seine Rutsche hat längst an Funktion und Farbe verloren und das einstige Gelb ist einem metallenen Grau gewichen. Zwischen den einzelnen Nebelschichten wirkt alles ein wenig surreal. An diesem Ort zu sein löst in mir ein Gefühl des Unbehagens aus und mir kommt der leise Verdacht, dass der Grund dafür meine körpereigene Schwingung sein könnte. Ich gehöre einfach nicht an diesen Ort, fühle mich fremd und fehl am Platz. „Du bist nicht ohne Grund hier", höre ich eine Stimme sagen. Sie ist männlich und wirkt auf eigenartige Weise vertraut. „Du vermutest richtig, denn dieser Ort entspricht nicht deiner Schwingung. Vielmehr handelt es sich dabei um einen Bereich, den Seelen nach ihrem Tod aufsuchen, um sich mit den Süchten, unter denen sie zu Lebzeiten gelitten haben, auseinanderzusetzen. Eine ganze Weile lang haben sie sich fest an sie geklammert und selbst nach dem Tod schaffen sie es nicht, sich davon zu lösen. Nein, man hat dich nicht ohne Grund hierher gebracht, denn du sollst wissen, dass Probleme nicht einfach so verschwinden, nur weil man tot ist. Diese Seelen haben nicht nur ihre Gesundheit missachtet, auch ihr Umfeld hat massiv unter ihrem Verhalten gelitten. Ein weiter Weg liegt vor ihnen, ehe sie weiterziehen dürfen. Aber keine Sorge, Hilfe ist stets in Reichweite und sie sind keineswegs auf sich allein gestellt. Hier gibt es eine Gruppe von Helfern, die es sich zur Aufgabe gemacht hat, sie dabei zu unterstützen, die nächsten notwendigen Schritte zu tun. Mit ihrer Hilfe wird es ihnen gelingen, sich eines Tages von ihren selbst auferlegten Fesseln zu lösen, um einen weitaus schöneren Himmel aufzusuchen. Auch ich gehöre zu diesen Helfern, denn ich weiß sehr gut um ihre Ängste und Sorgen Bescheid. Viele Jahre meines Lebens habe ich an diesem Ort verbracht und mein Leben reflektiert, ehe ich so weit war, die Geschehnisse der Vergangenheit vollständig hinter mir zu lassen."

Mein Bruder war ein sehr lauter Mensch und sein Lachen war eines seiner Markenzeichen. Manchmal jedoch war er aggressiv, was mir Angst machte. Dann fingen wir entweder an zu streiten oder aber ich traute mich gar nicht erst etwas zu sagen. Heute weiß ich, warum er sich so verhalten hat und dass er sehr viel zu verarbeiten hatte. Erst als bei meinem Bruder Krebs diagnostiziert wurde, haben wir darüber gesprochen. Aus irgendeinem Grund hatte ich nicht mehr so viel Angst vor ihm wie früher und konnte ihm deshalb sagen: „Bruder, sei doch nicht so aggressiv. Das macht mir Angst." Überraschenderweise zeigte er Verständnis und antwortete: „Okay, dann muss ich besser aufpassen." Hassan war permanent mit meinen Eltern zusammen, musste viel in Spanien und Marokko aushalten und stand quasi zwischen den Stühlen. Noch dazu war er zu dem Zeitpunkt auf Heroin. In Marokko entschied er sich dann endlich dazu einen Entzug zu machen. Da ich zu dem Zeitpunkt vor Ort war, erlebte ich alles hautnah mit. Noch dazu hatte sich Hassan dazu entschlossen keine ärztliche Hilfe in Anspruch zu nehmen, was wiederum bedeutete, dass nur wir, seine engsten Familienangehörigen, ihn bei seinem Vorhaben unterstützten. Rückblickend ziehe ich meinen Hut vor seiner

Entscheidung, denn es erforderte jede Menge Kraft, Willen und ist ganz gewiss nichts Alltägliches. Die ersten Wochen waren der blanke Horror. Hassan spuckte, zitterte am ganzen Körper, hatte extreme Schweißausbrüche und stand völlig neben sich. Um die Schmerzen besser auszuhalten, nahm er Alkohol und Valium zu sich. Letzten Endes schaffte er es aus eigener Kraft und hat danach nie wieder in seinem Leben Heroin angefasst. Obwohl er zu dem Zeitpunkt erst fünfundzwanzig Jahre alt war, hatte der jahrelange Drogenkonsum haufenweise gesundheitliche Probleme zur Folge. Danach achtete er aber sehr auf sich und seine Gesundheit und tat alles, damit es ihm wieder gut ging.

„Guten Morgen, liebe Asisa. Sag, kannst du dich an irgendetwas erinnern? Du hast vergangene Nacht deinen Bruder getroffen. Ihr habt euch so gefreut, einander wiederzusehen."

„Guten Morgen, liebe Anika. Leider nicht und um ehrlich zu sein, kann ich mich nicht einmal an einen einzigen Traum erinnern. Sobald ich weiß, dass du mich abholen könntest, bin ich so nervös, dass an schlafen nicht mehr zu denken ist. Ich nehme an, das ist alles andere als gut, oder? Abgesehen davon fällt es mir verdammt schwer auf meine heißgeliebte Tafel Schokolade zu verzichten. Ich liebe Süßes einfach über alles."

Sobald ich jemanden begleite, ergeben sich im Laufe unserer gemeinsamen Zeit ganz automatisch Hindernisse unterschiedlichster Natur. Eines nach dem anderen tauchen sie auf und stellen sich uns in den Weg. Manche davon lassen sich mit einfachen Mitteln beseitigen, andere wiederum erfordern weitaus mehr Engagement und Zutun. In Asisas Fall waren es ihre mangelnde Traumerinnerungsfähigkeit, ihre zunehmende Nervosität, die sie in den vereinbarten Abholnächten kein Auge zumachen ließ, sowie ihre Vorliebe für Süßes, was wiederum dazu führte, dass sich ihre Chancen etwas zu erleben bzw. sich im Anschluss daran zu erinnern deutlich verringerten. Außerkörperliche Erfahrungen sind nichts Alltägliches und können durchaus ein gewisses Maß an Aufregung verursachen. Oftmals reicht schon allein der Gedanke daran, dass es heute Nacht endlich so weit sein könnte, aus, um weitaus schwieriger in den Schlaf zu finden als das üblicherweise der Fall ist. Zusätzlich beeinträchtigte Asisas regelmäßiger Konsum von Zucker massiv ihre Schwingung. All diese Dinge zu befolgen ist nicht gerade einfach, aber dennoch notwendig, denn pro Abholversuch liegt die Chance, sich an das Erlebte zu erinnern, zwischen zehn und dreißig Prozent, was nicht gerade viel ist. Noch dazu hatte Asisa große Schwierigkeiten sich zu erinnern, was mich alles andere als zuversichtlich stimmte. Obwohl ich eine ganze Reihe von Techniken im Repertoire habe, um die Traumerinnerung meines Gegenübers auf schnellstem Wege zu steigern, obliegt es letzten Endes allein ihm, ob er diese anwenden möchte oder nicht.

Irgendwann entschied sich unsere Mutter dazu ihrem jüngsten Sohn das Haus zu überschreiben, was dazu führte, dass Hassan den gemeinsamen Haushalt verließ. Kurz darauf erkrankte er abermals an Krebs. Meine Mutter und ich flogen natürlich sofort zu ihm. Eine ganze Woche lang fuhren wir von einem Arzt zum anderen, bis wir dann an einem Freitag nach einem 12-stündigen Krankenhausaufenthalt und Unmengen an Untersuchungen, erfuhren, dass er einen Tumor im Bereich seiner Lunge hatte. Wir alle standen unter Schock und versuchten noch am selben Tag einen Flug nach Deutschland zu bekommen, denn es war uns sehr wichtig, dass er die bestmögliche Behandlung bekam. Dort angekommen, erhielt er eine weitere Hiobsbotschaft. Man hatte einen weiteren Tumor im Bereich des Halswirbels entdeckt, der bereits Unmengen an Metastasen gebildet hatte. Es hieß, er hätte Krebs im Endstadium und man könne nichts mehr für ihn tun.

Hassan wollte sich auf keinen Fall einer Bestrahlung oder Chemotherapie unterziehen, immerhin hatte er sich sein ganzes Leben lang auf die Heilkräfte der Natur berufen. Drei Wochen nach seiner Krebsdiagnose starb mein Bruder im Krankenhaus. Die gesamte Familie war bei ihm und begleitete ihn auf seinem letzten Weg. Das war am 26.10.2019.

Hassan und Asisa

Wohin wir gehen, wenn wir sterben

Es ist dunkel. Überall herrscht Finsternis. Ein Raum voller Nichts. Absolute Schwärze. Dabei handelt es sich um keine normale Dunkelheit, so wie wir sie kennen und ich ertappe mich beim Gedanken daran, schnellstmöglich von hier verschwinden zu wollen. Rein gar nichts an diesem Ort fühlt sich gut an. Ein bleiernes Gefühl macht sich in meiner Magengegend breit und wandert hinab zu meinen Füßen. Meine nichtphysischen Augen suchen verzweifelt nach einem Anhaltspunkt, nach irgendetwas, das erklären kann, wo, zum Teufel nochmal, ich hier gelandet bin. Doch ganz gleich, wohin ich auch blicke, hier gibt es nichts, abgesehen von diesem dumpfen Gefühl der Leere und Trostlosigkeit.

Asisa hatte nicht nur ihren Bruder Hassan verloren, sie hatte sich auch von ihrem geliebten Vater verabschieden müssen. So kam es, dass unsere nächtlichen Ausflüge nicht ausschließlich auf eine Seele beschränkt blieben.

Mein Papa heißt Mohamed und wurde am 25.03.1939 geboren. Er war mein Held, auch wenn zwischen uns nicht immer alles glattgelaufen ist. Er starb am 28.02.1990 in Zuge eines Autounfalls, wobei für mich und den Rest der Familie feststeht, dass es sich dabei um Fremdverschulden handelt, denn mein Papa war ein sehr guter und leidenschaftlicher Autofahrer. Mein Vater war ein sehr charismatischer, höflicher und großzügiger Mensch, mit einer gehörigen Portion Humor. Ganze sechs Sprachen hat er perfekt beherrscht und ich habe es geliebt ihm dabei zuzuhören. Vor allem als Kind und Jugendliche übte das auf mich eine regelrechte Faszination aus. Unsere Türen standen für jedermann offen, ganz gleich welcher Nationalität man angehörte. Mein Vater hatte ein großes Herz und verhalf dadurch vielen Menschen zu einem besseren Leben. Vor allem den eigenen Landsleuten stand er zur Seite und half ihnen nach Deutschland zu gelangen. Er hatte einen Bruder und zwei Schwestern. Leider durfte er eine davon nie kennenlernen, da sie durch eine Vergewaltigung entstanden war und meiner Großmutter nach der Geburt weggenommen wurde. Das dabei entstandene Kind zu behalten, galt in Nordafrika zu dem Zeitpunkt als Verbrechen. Als mein Papa erwachsen war suchte er nach ihr und als er sie schließlich fand, musste selbst das geheim bleiben.

Ich sehe mich um und entdecke in weiter Ferne etliche Häuser, doch selbst diese machen einen verwahrlosten Eindruck. Zwischen dem heruntergekommenen Gemäuer lodern vereinzelt Flammen auf und verleihen diesem trostlosen Ort etwas Bedrohliches. Trotz alledem scheint hier noch so etwas wie Hoffnung zu existieren. Zumindest ein kleiner Funken. Kaum spürbar nehme ich ihn dennoch wahr. „Ich habe hier viel Zeit verbracht", vernehme ich ein Flüstern und spüre die Präsenz einer geistigen Wesenheit in unmittelbarer Nähe meines Energiefeldes. „Wer bist du?", frage ich und starre wie gebannt in die Dunkelheit. „Einst nannten sie mich Mohamed, aber das ist längst nicht mehr von Bedeutung. Dieser Name, diese Identität, ist Teil meiner Vergangenheit", antwortet die Stimme. „Dass du hier an diesem Ort bist, ist äußerst wichtig, denn die Menschheit soll davon erfahren. Es ist an der Zeit, dass sie endlich begreift, dass jede ihrer Taten unweigerlich Konsequenzen nach sich zieht. Die Guten, ebenso wie die Schlechten."

Mein Vater hatte Humor, liebte Musik und spielte in den 70ern sogar eine Zeit lang als Schlagzeuger in einer Band. Er hatte richtig viel Soul im Blut und wann immer es ging, lief zuhause

Musik. Leider liebte mein Vater die Gefahr und darüber hinaus alles Kriminelle. Bereits im Alter von sechs Jahren wurde er von seiner Mutter zum Klauen auf die Straße geschickt. Wenn er, ohne etwas erbeutet zu haben, nach Hause kam, ließ sie ihn verprügeln und er bekam etliche Schläge auf den Kopf und die Fußsohlen. Mit sechzehn ist er dann von daheim abgehauen. Zunächst ist er nach Frankreich und von da aus kam er als Gastarbeiter nach Deutschland, wo er meine Mutter kennen und lieben lernte. Gemeinsam gründeten sie eine Familie, heirateten und im Januar 1962 wurde Hassan geboren. Drei Jahre später folgte ich, als erste von drei Töchtern. Mein jüngster Bruder, ihr Nachkömmling, kam zweiundzwanzig Jahre nach Hassan zur Welt.

Was geschieht mit Menschen, die zu Lebzeiten schwere Verbrechen begangen haben? Menschen, die anderen erhebliches Leid zugefügt haben? Was passiert mit ihnen, nachdem sie gestorben sind? Werden sie ebenso lichtvoll empfangen wie alle anderen? Reingewaschen von sämtlichen Taten? Um diese Frage zu beantworten, sollten wir uns zunächst einmal darüber klar werden, was geschieht, sobald wir schadhafte Handlungen setzen. Handlungen, die beträchtliches psychisches sowie physisches Leid verursachen. Die Rede ist von Mördern, Betrügern und Missetätern. Menschen, die den rechten Weg verlassen haben, setzen durch ihre Taten jede Menge negativer sowie krimineller Energien frei, unter denen nicht nur ihre Opfer, sondern oftmals auch ihr persönliches Umfeld zu leiden haben. Es ist ein universelles Gesetz, dass jede Handlung unweigerlich etwas zur Folge hat. Unsere Taten bleiben niemals im Verborgenen und lösen in jedem Fall etwas in unseren Mitmenschen aus, selbst wenn das nicht beabsichtigt war. Auf der ganzen Welt passieren die schlimmsten Dinge, was wiederum haufenweise negativer Energien freisetzt. Stirbt der Mensch, der dieses Leid verursacht hat, so muss er sich nach seinem Tod unweigerlich damit auseinandersetzen. Er wird so lange damit konfrontiert, bis er erkennt, welchen Schaden er angerichtet hat. Nicht selten sind ihre Opfer hochgradig traumatisiert und leiden ihr gesamtes Leben lang unter den Folgen der begangenen Verbrechen.

Was geschieht mit diesen Menschen, sobald sie gestorben sind? Zunächst einmal lässt sich nichts mehr länger verbergen. Jede unserer Handlungen liegt nun offen und wir sind dazu angehalten, selbst das düsterste Kapitel unseres Lebens genauer unter die Lupe zu nehmen. Noch dazu findet man sich nach dem Tod in einem Bereich wieder, der unserer körpereigenen Schwingung entspricht. Ein Verbrecher wird demnach mit hoher Wahrscheinlichkeit an einem niedrig schwingenden Ort landen. Er wird dort so lange verweilen, bis sich seine Seele vollends von den Taten, die er begangen hat, befreit hat und dazu bereit ist weiterzuziehen. Dieser Prozess kann durchaus eine Weile in Anspruch nehmen und dennoch ist Hilfe stets in Reichweite. Sehr oft befinden sich dort mehrere Helfer, die bereits selbst diesen Prozess der Läuterung durchlaufen haben und sich aus freien Stücken dazu bereit erklärt haben, anderen Seelen zu helfen. Auch Mohamed, Asisas Vater, hat viel Zeit damit verbracht, sich den Konsequenzen seiner Taten in vollem Ausmaß bewusst zu werden. Ihm wurde gezeigt, wie viel Leid und Kummer er zeitlebens verursacht hat. Auf diese Art und Weise schaffte er es, seine Schwingung zu erhöhen, um schließlich eine höhere Ebene aufzusuchen. Trotzdem kehrt er immer wieder an diesen Ort zurück, um andere Seelen bei ihrem Transformationsprozess zu unterstützen.

Ein See. Rundherum saftiges Grün, wohin das Auge reicht. Weiter hinten macht eine Herde Zebras Rast. Vorsichtig setze ich einen Fuß vor den anderen, denn ich möchte sie keinesfalls verängstigen. Doch erstaunlicherweise scheint sie meine Anwesenheit nicht großartig zu kümmern. Kurz gelingt es mir sogar einem davon über den Rücken zu streichen. Ein herrliches und schier unvergessliches Gefühl! Rechts von mir befindet sich eine Reihe von Häusern, stilvoll und elegant zugleich. „Herzlich willkommen in meinem Zuhause", sagt Mohamed und schenkt mir ein Lächeln, das mich mitten ins Herz trifft. Obwohl wir uns noch nie zuvor begegnet sind, habe ich ihn sofort erkannt. „Wo bin ich?", frage ich ihn. „Ich zeige dir mein Zuhause", antwortet dieser. „Meine Tochter soll wissen, dass es mir gut geht und ich hier an diesem wunderbaren Ort meinen lang ersehnten Frieden gefunden habe."

„Guten Morgen, liebe Asisa. Kannst du dich an irgendetwas erinnern? Vergangene Nacht hast du deinen Papa getroffen."

„Guten Morgen, liebe Anika. Nein, kann ich leider nicht. Jedoch habe ich dich gesehen, oder besser gesagt, uns. Wir haben zusammen gelacht und hatten jede Menge Spaß. Bedauerlicherweise ist das auch schon alles, woran ich mich erinnern kann. Ich bin nach wie vor ziemlich nervös und kann nur schwer einschlafen. Natürlich versuche ich weiterhin auf Süßes zu verzichten, was nicht ganz einfach ist und mich etliches an Überwindung kostet.

Mein Vater hat viele verrückte Dinge getan und obwohl er nicht gerade groß war, fürchtete er sich selbst vor dem stärksten Mann nicht. Leider geriet er aufgrund seines Alkoholkonsums häufig in

Schlägereien. Er hatte mehrere Autounfälle und regelmäßig Ärger mit der Polizei. Nebenbei dealte er mit Drogen und das in ganz großem Stil. Er war kein kleiner Fisch und wurde weltweit von Interpol gesucht. Seine Machenschaften bescherten ihm mehrere Gefängnisaufenthalte, weshalb er so gut wie nie bei uns war. Zweimal war er auf der Flucht, nachdem er aus dem Gefängnis ausgebrochen war. In den 70ern wies man ihn deshalb aus Deutschland aus. Für seine Familie war das ein Alptraum, vor allem für mich, denn ich verehrte und liebte meinen Vater sehr. Das tue ich bis heute und ich habe ihm alles, was er getan hat, vergeben. Leider war uns nur sehr wenig Zeit miteinander vergönnt, aber war er einmal da, bin ich ihm nicht von der Seite gewichen. Ich war seine Lieblingstochter, vermutlich, weil ich seine erste Tochter bin. Das war natürlich nicht immer angenehm, denn meine Geschwister fanden das ganz und gar nicht gut, obwohl mein Vater nie zwischen einem von uns Kindern unterschied. Er liebte alle und wollte immer nur das Beste für uns! Mir fällt noch ein, dass er mich immer Sissi oder Asissi gerufen hat und auch meine Geschwister hatten ihren eigenen Spitznamen.

Ich halte mich im Hintergrund, denn ich möchte keinesfalls stören und bin doch nah genug, um mitzuverfolgen, was hier vor sich geht. Ich finde mich auf einer modern aussehenden Dachterrasse wieder. Die Skyline ist atemberaubend schön, doch mein Fokus liegt auf etwas anderem. Es handelt sich dabei um ein lang ersehntes Wiedersehen. Ein Treffen zwischen den Toten und den Lebenden. Es mitverfolgen zu dürfen berührt mich ungemein und trifft mich jedes Mal aufs Neue. Man sollte meinen, ich hätte mich allmählich daran gewöhnt, doch das glatte Gegenteil ist der Fall. Asisa, in ein azurblaues, langes Gewand aus seidenem Stoff gehüllt, wirft mir einen Blick zu, der jegliche Erklärungen unnötig macht und ihr langes, dunkelblondes Haar fällt in sanften Wellen auf ihre Schultern hinab. Sie sieht so anders aus und doch ist sie immer noch Dieselbe. Wir sind zusammen hierhergekommen. Hier an diesen Ort, voller Magie. Vater und Sohn haben sich an ihrer Seite niedergelassen und tragen ebenfalls lange, fließende Gewänder. Es ist ein Fest der Freude. Ein Fest der Familie, voller Tränen der Freude und des Glücks. Es ist die Nacht, in der die Grenzen zwischen den Welten für einen Augenblick lang verblassen, um Träume endlich Wirklichkeit werden zu lassen.

Allzu gerne würde ich sagen können, dass Asisa sich am Ende doch noch an ein Treffen mit ihrer Familie erinnern konnte, aber leider ist dem nicht so. Bedauerlicherweise hatte sich an ihrer Aufregung und Nervosität in unseren Abholnächten bis zum Schluss nichts geändert, ebenso wie ihre Vorliebe für Süßes. Begleite ich eine Person, dann ist der Ausgang stets ungewiss und die geistige Welt weist mich jedes Mal darauf hin, dass ich keinerlei Versprechungen machen darf. Weder kann ich ihr die viele Mühe, die zweifellos damit verbunden ist, abnehmen, noch weiß ich mit Sicherheit, was für sie vorherbestimmt ist. Es obliegt in der Eigenverantwortung eines jeden Einzelnen darüber zu entscheiden, was er aufwenden möchte bzw. wie viel er bereit ist dafür zu tun. Ich kann lediglich meinen Beitrag dazu leisten und darauf hoffen, dass es mein Gegenüber ebenso tut. Etliche Monate später wurden bei Asisa mehrere Nahrungsmittelunverträglichkeiten festgestellt, die es notwendig machten, auf bestimmte Lebensmittel, unter anderem Zucker, weitgehend zu verzichten. Etwas, das nicht nur ihr Bewusstsein, sondern auch ihre körpereigene Schwingung in beträchtlichem Ausmaß veränderte. Es dauerte nicht lange und sie hatte Folgendes zu berichten:

Vergangene Nacht, so gegen halb fünf, hat jemand wie wild an meinen Beinen gezogen, genauer gesagt an meinem linken Bein. Plötzlich sah ich unglaublich viele Menschen um mich herum stehen. Ich habe das Gefühl, es war meine Familie, die mich besucht hat. Es waren ungefähr zehn Personen, die ich wahrgenommen habe und die eine ganz liebevolle und freudige Energie ausgestrahlt haben. Ich freue mich so sehr über dieses Erlebnis!

Abschließend übergebe ich das Wort an Asisa, die ihren Liebsten etwas Wichtiges mitzuteilen hat.

In tiefer Liebe verneige ich mich vor dir, geliebter Bruder, genauso wie vor dir, lieber Papa, und gedenke euch ewiglich. Für immer verbunden im Herzen begleitest du, lieber Hassan, mich nun schon seit deinem Tod und ich bin dir unendlich dankbar, dass du tagtäglich an meiner Seite bist. Durch deinen Tod durfte ich mich als Heilerin in meiner wahrhaftigen Größe erkennen. Genauso hat sich durch dich auch die Verbindung zu Papa um etliches verstärkt. Ich liebe euch bis zum Mond und zurück und danke euch von ganzem Herzen für euer Sein! Es war für mich die allerschönste Erfahrung, mit Anikas Hilfe, mit meinen Liebsten in Kontakt getreten zu sein.

Mohamed

Aufstieg

Wo befindet sich das, was wir als Jenseits bezeichnen? Wie dürfen wir uns den Himmel vorstellen und was lässt es sich dort tun?

Zunächst gilt es festzuhalten, dass alles, das existiert, Energie ist. Jedes noch so klitzekleine Blatt, jeder noch so unbedeutende Stein unter deinen Füßen verfügt über eine individuelle, energetische Signatur. Energie ist etwas, das nicht so einfach von der Bildfläche verschwindet, auch wenn sie mit bloßem Auge zumeist nicht zu erkennen ist. Nimm dir einen kurzen Augenblick lang Zeit und denke darüber nach, wie viel auf dieser Welt existiert, das sich mit unseren physischen Sinnen nicht erfassen lässt. Allem voran unsere Gefühle, unsere Intuition oder besser gesagt, unser Bauchgefühl. Immer wieder berichten Menschen, unabhängig ihres Alters, ihrer Herkunft oder Religionszugehörigkeit, von konkreten Vorahnungen bzw. Visionen, über eine Art inneres Wissen, welches ihnen den Weg weist. Derartige Phänomene zeigen, dass sich vieles in unserem Leben nicht auf herkömmliche Weise erklären lässt und dennoch unbestreitbar Teil davon ist. Allem Anschein nach existieren Dinge, die sich nicht länger von unserem vernunftbasierten, menschlichen Verstand begreifen, wohl aber, auf Herzebene erfühlen lassen. Wie uns bereits die Physik lehrt, besteht alles aus Energie, einer spezifischen Schwingung bzw. verschiedenen Frequenzbereichen. Wenn wir davon ausgehen, dass alles, das ist, über eine spezifische Frequenz verfügt, so lässt sich, als logische Schlussfolgerung, darauf schließen, dass auch das Jenseits über eine individuelle Schwingungsdichte verfügen muss. Um die ganze Thematik zu verdeutlichen, wollen wir einen kurzen Blick auf die verschiedenen Bewusstseinszustände werfen, in denen wir uns, mal mehr und mal weniger, befinden. Während wir meditieren, beispielsweise, schwingt unser Gehirn in einer gänzlich anderen Frequenz, als wenn wir einer gewohnten Tätigkeit nachgehen und insbesondere nachts, kommt es zu massiven Veränderungen in unserem Bewusstsein, die sich selbstverständlich auch in unserer Schwingung widerspiegeln. Mittlerweile weiß man sehr gut, in welchem Frequenzbereich man sich aufhalten muss, um außerkörperliche Erfahrungen zu erleben. Auf diese Art und Weise nähern wir uns immer mehr des Rätsels Lösung und erhalten so ein ziemlich detailgetreues Bild dessen, was uns nach dem Tod erwartet.

Wohin gehen wir nach dem Tod? Mein Gefühl sagt mir, dass es weniger eine Frage nach dem „Wohin" ist, sondern vielmehr eine Sache der richtigen Schwingung. Was wäre, wenn sich der Himmel nicht an einem weit entfernten, entlegenen Ort befindet, sondern ganz in der Nähe? Ich möchte dir ein Beispiel geben, um die Thematik besser zu veranschaulichen. Stelle dir zu dem Zweck eine Gitarre vor. Dieses wunderbare Instrument verfügt über mehrere Seiten, welche, unabhängig voneinander, in einer individuellen Tonhöhe, schwingen. Je nachdem, welche man bespielt, ertönt ein höherer bzw. niedriger Klang. Trotzdem sind alle Teil der Gitarre und ergeben erst im Zusammenspiel ein Gesamtstück. Ähnlich kann man sich auch das Jenseits, sowie die Realität, in der wir uns aktuell befinden, vorstellen. Beide liegen dicht nebeneinander, unterscheiden sich jedoch anhand ihrer energetischen Signatur. Nebenher gibt es noch viele weitere Seiten bzw. Realitätsebenen. Eine davon könnte die Traumebene sein, jener Bereich, den wir aufsuchen, sobald wir schlafen. Ich habe keine Ahnung, wie viele unterschiedliche Seiten noch existieren, doch die Vermutung liegt nahe, dass wir lediglich die Spitze des Eisberges betrachten. Betreten wir das Jenseits, weil wir gestorben sind oder aber in Zuge einer außerkörperlichen Erfahrung, so gelangen wir zunächst einmal in die erste astrale Ebene. Sie ist der physischen Realität sehr ähnlich und ist das Erste, das wir wahrnehmen, sobald wir unseren physischen Körper verlassen. Obgleich es einige Übereinstimmungen mit der irdischen Realität gibt, lassen sich doch einige Unterschiede finden. So kann es beispielsweise passieren, dass wir einen Gegenstand entdecken, der dort ganz und gar nicht hingehört. Wände und Fußböden können eine andere Farbe oder Beschaffenheit aufweisen und unsere Gedankenwelt nimmt einen massiven Einfluss auf unsere Umwelt bzw. unser Erleben. Sterben wir, entledigen wir uns unseres menschlichen Körpers und stehen zunächst einmal sprichwörtlich neben uns. Das kann durchaus ein wenig irritierend sein, da es keinerlei Unterbrechung in unserem Sein gibt. Wir ändern lediglich unsere Form, indem wir unser irdisches Kleid abstreifen, weil wir es nicht länger benötigen. Diese erste astrale Ebene kann als eine Art Zwischenstation betrachtet werden, von wo aus wir die Heimreise in die geistige Welt antreten. Doch es obliegt allein uns, wie lange wir uns dort aufhalten, denn Zeit, so wie wir sie kennen, verliert hier vollständig an Bedeutung. Noch dazu ist das Jenseits unendlich groß, vielfältig und in mehrere, unterschiedliche Ebenen unterteilt. In welcher davon wir nach dem Tod landen, hängt in erster Linie von unserer Schwingungsenergie, unserer Frequenz, ab. Je höher wir schwingen, umso weiter nach oben werden wir auch gelangen. Es wäre jedoch falsch anzunehmen, es handle sich dabei um ein hierarchisches Modell, doch Tatsache ist, dass, je höher wir gelangen, umso schöner es dort ist. Lass uns an der Stelle ein kleines Gedankenexperiment machen. Stelle dir vor, ein Mensch gelangt ans Ende seines irdischen Lebens. Er stirbt, legt seine menschliche Hülle ab und betritt die erste astrale Ebene. Von dort aus kommt er, mit hoher Wahrscheinlichkeit, in jenen Bereich, der seiner Schwingung entspricht. Je nach Beschaffenheit wird er dort einen mehr oder weniger schönen Himmel vorfinden. Gibt er sich damit zufrieden, wird er dort so lange verweilen, bis er sich zu einer neuerlichen Inkarnation entscheidet. Überglücklich an diesem wunderschönen Ort gelandet zu sein, kommt ihm dabei keine

Sekunde lang in den Sinn, dass ihn, abseits davon, weitaus mehr erwarten könnte als er fälschlicherweise annimmt. Möglicherweise hat seine Seele das auch schon zu Lebzeiten getan und sich mit weniger begnügt, als ihr möglich war. Durch diese Denkweise beschränkt sie sich selbst in ihrer Herrlichkeit und Einzigartigkeit und wird nie erfahren, was sich hinter den Grenzen ihres vermeintlich schönen Himmels verbirgt. Ihre Gedanken, ihre Sichtweise erzeugen Barrieren, unsichtbare Schranken, die ihr den Zugang zu weiteren jenseitigen Erfahrungen verwehren. Aus diesem Grund ist es ratsam, möglichst unvoreingenommen an Dinge heranzugehen und nichts, das einem widerfährt, als endgültig zu betrachten. Durch diese festgefahrenen Denkmuster nehmen wir uns selbst die Chance über uns hinauszuwachsen und in andere Sphären einzutauchen. Abgesehen von der Vielzahl unterschiedlicher Himmel, gibt es nebenher noch viele andere Örtlichkeiten, die wir aufsuchen können. Allen voran die Akasha Chronik, die so etwas wie eine riesengroße Datenbank darstellt, die als Speicher für sämtliche Ereignisse der Gegenwart, Vergangenheit und Zukunft dient. Dann gibt es noch eine Art Heilungszentrum, in dem man sich energetisch behandeln lassen kann. Das Leben als Mensch bringt nicht selten immense Anstrengungen und Mühen mit sich, weshalb man sich dort mit größter Fürsorge um die „Heimgekehrten" kümmert. Des Weiteren gibt es im Jenseits einen Ort, der sich hervorragend dazu eignet, um sich mit seinen Liebsten zu treffen. Begegnungen außerkörperlicher Natur finden hier sehr häufig statt.

Celina

„Ich bin hinfort, denn ich habe meine Aufgabe hier auf Erden bereits erfüllt. Das bedeutet jedoch nicht, dass ich aufgehört habe bei euch zu sein. Ich bin der bunte Schmetterling auf der Wiese und das Rotkelchen an eurem Fenster. Ich bin das Lächeln auf eurem Gesicht, sobald ihr an mich denkt und euer letzter Gedanke, bevor ihr einschläft. Meine Liebe ist grenzenlos und ihr sollt wissen, dass ich niemals aufhören werde euch zu lieben.“

Es war Frühjahr 2020, als Emilia kurz vor ihrem 7. Geburtstag die Diagnose Krebs erhielt und die gesamte Familie schlagartig unter Schock versetzte. Ab sofort musste der gesamte Familienalltag umgekrempelt werden, weshalb sich die beiden Elternteile dazu entschieden ihre Jobs stillzulegen, um voll und ganz für ihre Tochter und ihren Bruder da zu sein. Noch dazu durfte nur einer von den beiden als Begleitperson mit ins Krankenhaus, während der andere zu Hause blieb und sich um Oscar kümmerte. Mehrere Behandlungen folgten, dennoch kam es immer wieder zu Rückfällen. Die Familie setzte auf Spendengelder, die eine Behandlung im Ausland ermöglichen sollten, sobald die Therapiemöglichkeiten in Deutschland ausgeschöpft waren, was innerhalb kürzester Zeit passieren konnte und die Aggressivität von Emilias Erkrankung machte es notwendig schnell zu reagieren. Knapp zwei Jahre später, im Juni, kehrte Emilia als Erste ihrer Familie in die geistige Welt zurück.

Offen gesagt, kannten Celina und ich uns nur flüchtig. Sie hatte bei einem meiner Workshops teilgenommen, weshalb ich wusste, dass auch sie ihre Tochter verloren hatte. Ihr Verlust lag noch nicht allzu lange zurück und Celina fand, ähnlich wie ich damals, nebst ihrer Familie, in der Spiritualität den Halt, den sie benötigte, um weiterzumachen. Als ich ihr dann eines Tages anbot sie zu begleiten, musste sie nicht lange darüber nachdenken und willigte sofort ein. Immerhin war es eine Chance, ihre Tochter wiederzusehen und die Trauer ein Stück weit hinter sich zu lassen. So kam es, dass wir uns Woche um Woche für jeweils eine Nacht verabredeten, in welcher ich versuchen wollte Celina abzuholen, um anschließend Emilia zu treffen. Genauso wie alle anderen auch erhielt sie eine detaillierte Anleitung, was sie während unserer gemeinsamen Zeit zu beachten hatte. „Leider kann ich dir nicht versprechen, dass du dich an das Erlebte erinnern wirst", gab ich ihr dabei zu verstehen. Mir lag es fern, ihr falsche Hoffnungen zu machen, denn es gibt eine ganze Vielzahl an Gründen, die ein bewusstes Erinnern erschweren bzw. unmöglich machen.

Problemlos verlasse ich meinen physischen Körper. „Emilia jetzt!" Eine rasche innere Bewegung später nehme ich eine deutliche Veränderung meiner Umgebung wahr. Behutsam öffne ich die Augen. Es ist Nacht und der Himmel sternenklar. Abermillionen von Sternen funkeln um die Wette und der gesamte Nachthimmel erstrahlt in den unterschiedlichsten Rosa- bzw. Lilatönen. Direkt vor mir befindet sich ein gusseisernes Tor, dessen Flügel weit geöffnet sind. Dahinter steht ein Mädchen und es weiß ganz genau, weshalb ich hier bin. Mit einem Mal schnellen um sie herum dutzende weiße Säulen aus dem Boden, aus welchen sich die unterschiedlichsten Gebilde formen. Majestätische Tiere und fantastische Wesenheiten. Kunstvoll winden sie sich um die eigene Achse und wechseln dabei im Sekundentakt Form und Farbe. „Hast du das gemacht?", frage ich erstaunt. „Das ist doch dein Werk, nicht wahr, Emilia?" Obwohl kein einziges Wort ihre Lippen verlässt, weiß ich, dass ich einen Treffer gelandet habe. Sie ist eine Meisterin. Ein Engel. Der Grund, weshalb ich hier bin.

Die Tage zogen im Eiltempo an uns vorüber und schon bald stand Emilias Geburtstag vor der Tür. Es war der Erste ohne sie, was Celina zusätzlichen Kummer und Sorge bereitete und es war kaum zu übersehen, dass sie mit Haut und Haaren um ihre Tochter trauerte. Es war ihr gutes Recht, das zu tun, denn Trauer ist individuell und etwas ganz Persönliches. Doch auch an allen anderen Tagen verspürte ich eine gewisse Schwere in Celinas Energiefeld, die sich insbesondere dann zeigte, sobald ich nachts meinen Fokus auf sie lenkte. Sie war wie ein unsichtbarer Schild, eine Barriere, die sich schützend um sie legte und sie vor allem abschirmte, das von außen auf sie einprasselte. Möglicherweise war sie Resultat ihrer Trauer, möglicherweise handelte es sich dabei aber auch um etwas vollkommen anderes. Im Grunde genommen hatte ich keine Ahnung, womit ich es zu tun hatte, doch eines wusste ich ganz genau. Diese Schwere führte dazu, dass ich in der ersten Nacht, in der ich Celina abholen wollte, gegen eine unsichtbare Wand prallte und ein Hindurchkommen unmöglich war. Gleich mehrere Male schnellte ich in meinen physischen Körper zurück, ganz gleich, was ich tat und wie sehr ich mich auch bemühte.

„So etwas habe ich erst ein einziges Mal erlebt", berichtete ich Celina tags darauf. „Damals habe ich einen guten Freund von mir begleitet, der seinen verstorbenen Sohn wiedersehen wollte. Auch in seinem Fall hatte ich Probleme ihn zu erreichen. Seine Trauer machte es schlichtweg unmöglich und hielt alles von außen Kommende, mich eingeschlossen, von ihm fern. Zwar schaffte ich es im Laufe unserer gemeinsamen Zeit ihn mehrmals abzuholen und ermöglichte es ihm seinen Sohn wiederzusehen, daran erinnern konnte er sich jedoch nicht. Vieles im Leben lässt sich nicht planen und so kam es, dass Celina und ich, nach knapp einer Woche eine Pause von unbestimmter Dauer einlegen mussten. Ihr Sohn war krank geworden und benötigte deshalb die volle Aufmerksamkeit seiner Mutter. Unglücklicherweise erkrankte kurz danach auch Celina, weshalb uns am Ende kaum mehr Zeit zur Verfügung stand. „Mach dir bitte keine Sorgen!", versuchte ich sie zu beruhigen. „Wir werden es versuchen, sobald du wieder gesund bist." Um Celina bei der Heilung zu unterstützen, entschied ich mich spontan dazu ein Trancehealing zu machen. „Vielleicht liegt es an meiner Trauer", meinte Celina und sollte damit Recht behalten. In der Tat stellte sich während des Trancehealings heraus, dass ihr Körper sich dringend nach etwas Ruhe und Erholung sehnte. Glücklicherweise wurde Celina schon bald wieder gesund, nichtsdestotrotz blieben am Ende nur mehr zwei Nächte übrig.

Kurz nachdem ich meinen physischen Körper verlassen habe, treffe ich auf Celina, die gerade dabei ist, sich mit etlichen Frauen zu unterhalten. Sie wirken eigenartig vertraut, fast so, als wären sie gute Freudinnen. „Wie bist du denn hierhergekommen?", möchte ich von ihr wissen und geselle mich hinzu. „Das kann ich nicht so genau sagen.", antwortet Celina ein wenig verunsichert. „Ich erinnere mich daran, eine Reihe geistiger Wesenheiten in meiner Nähe wahrgenommen zu haben. Sie haben ihre Hände auf mich gelegt und eine Art Energiebehandlung an mir durchgeführt."

Unglücklicherweise konnte sich Celina am nächsten Morgen nicht mehr daran erinnern, was nachts zuvor passiert war. Zwar war es ihr gelungen, ihr Bewusstsein in eine Art Dämmerzustand, zwischen Schlaf und Wachsein zu versetzen, aber alles danach, war ihr nicht im Gedächtnis geblieben. „Die gute Nachricht ist", sagte ich, „dass du es alleine hinausgeschafft hast." Tatsächlich passiert es sehr häufig, dass, sobald ich mich dazu aufmache jemanden abzuholen, diese Person ganz einfach nicht mehr da ist. Immerhin verlassen wir nachts automatisch unseren physischen Körper, ohne uns dessen bewusst zu sein. Doch so schön das in Celinas Fall auch war, die Sache hatte einen entscheidenden Haken. Allmählich lief uns die Zeit davon und von den vereinbarten fünf Wochen war nur noch eine letzte Nacht übrig. Obwohl Celina alle meine Anweisungen genauestens befolgt hatte, schien irgendetwas gehörig schiefzulaufen und ich kam nicht drumherum mich zu fragen, ob wir nicht die ganze Zeit etwas Entscheidendes übersehen hatten. Aus diesem Grund beschloss ich abermals die geistige Welt um Hilfe zu bitten, doch die Antwort, die ich dabei erhalten sollte, gefiel mir ganz und gar nicht. Sie lautete:

„Celina ist noch viel zu sehr in ihrer Trauer versunken. Aus diesem Grund kann sie sich nicht daran erinnern, Emilia getroffen zu haben. Ihre Schwingung ist viel zu niedrig und der richtige Zeitpunkt dazu noch nicht gekommen."

Gleich am nächsten Morgen überbrachte ich Celina die Botschaft, die ich nachts zuvor erhalten hatte. Zu hören, dass sie noch nicht so weit sei, stimmte sie traurig und doch wollten wir nichts unversucht lassen und einen allerletzten Versuch wagen.

„Ich weiß, dass ich Emilia eines Tages treffen werde", gab sie mir dabei zu verstehen. „Keine Ahnung, woher ich diese Zuversicht nehme. Ich weiß es einfach."

So kam es, dass Celina und ich uns ein letztes Mal verabredeten. Jeder von uns wusste, was er dabei zu tun hatte und ich hoffte inständig darauf, dass sich die Botschaft, die ich von der geistigen Welt erhalten hatte, nicht bewahrheiten sollte. Doch letzten Endes geschieht nichts ohne Grund und alles zu unserem höchsten Wohl. Die geistige Welt weiß ganz genau, was richtig für uns ist, auch wenn wir ihre Beweggründe nicht immer sofort nachvollziehen können.

„Guten Morgen, Celina. Sag, kannst du dich an irgendetwas erinnern? Du hast Emilia getroffen und ihr habt euch so gefreut einander wiederzusehen."

„Guten Morgen, Anika. Ich habe heute Nacht alles befolgt, was du mir aufgetragen hast. Ich bin sehr rasch in diesen Zwischenzustand gelangt, den ich bereits die Woche zuvor erlebt habe, war nicht wach, habe allerdings auch nicht hundertprozentig geschlafen. Leider Gottes kann ich mich nicht mehr daran erinnern Emilia getroffen zu haben, jedoch weiß ich noch, dass ich abertausende von Blumen, in den unterschiedlichsten Lila- und Rosatönen, gesehen habe. Allein ihr Anblick war atemberaubend schön."

Wie es die geistige Welt prophezeit hatte, konnte sich Celina nicht daran erinnern, Emilia getroffen zu haben. Obgleich sie ihrer Tochter begegnet war, war ein bewusstes Erinnern zum jetzigen Zeitpunkt einfach unmöglich. Dennoch hatte sie etliche Eindrücke davon behalten. Ich glaube fest daran, dass Celina es eines Tages schaffen und Emilia endlich wieder in ihre Arme schließen wird. Doch vorerst hieß es, sich Anderem zu widmen. Schritt für Schritt ins Leben zurückzufinden. So geschah es, dass auch ich etwas Wesentliches in diesem Monat gelernt hatte. Tiefe Trauer ist etwas, dass das bewusste Erleben bzw. Erinnern von außerkörperlichen Erfahrungen allem Anschein nach verhindert. Die Vermutung liegt nahe, dass Celinas emotionale Verfassung unmittelbare Auswirkungen auf ihre körpereigene Schwingung nahm. Dessen ungeachtet ist Celina fest dazu entschlossen, nicht aufzugeben, ehe sie ihr Ziel erreicht. Abschließend übergebe ich das Wort an Celina, die ihrer Tochter folgende liebevollen Gedanken mitgeben möchte:

Heute vor genau einem Jahr, um 13:27 Uhr, hat dein Herz zum letzten Mal unter meiner Hand geschlagen. Ich sehe diesen Moment glasklar vor meinem inneren Auge, ich spüre deinen Herzschlag mit der darauffolgenden Stille in meiner linken Handfläche, ich höre deinen schweren Atem, ich rieche deinen zarten Duft und schmecke meine salzigen Tränen, die mir die Wangen hinunterlaufe. Ich durchlebe diesen endgültigen Moment, der alles, was bis dahin war, für immer verändern sollte, seit 365 Tagen, mehrmals täglich, ob ich will, oder nicht. Du, mein Kind, mein geliebtes Mädchen, hast in deinem wunderbaren, magischen Wesen alles, was ein Leben für uns hier auf Erden lebenswert macht, vereint. Deine Wärme, dein ganz besonderes, einmaliges Lächeln, deine Fürsorge für uns, selbst in den schwersten Stunden, deine Zuversicht, deine unendliche Güte, deine Magie, deine ansteckende Energie, deine unverwechselbare Gabe, Menschen von Sekunde eins an mit deinem unbeschreiblichen Wesen zu verzaubern und in deinen Bann zu ziehen, deine unermüdliche Ausdauer, deine Geduld, dein enormer Lebenswille, dein beständiges Bestreben nach Friedlichkeit, deine Ruhe, deine aufrichtige Begeisterung für die kleinen Dinge im Leben, deine Liebe sowie dein geerdetes Sein ... .

Du hast die Welt mit deinen bezaubernden, strahlenden Augen gesehen, wahrhaftig, und sie zu einem besseren Ort gemacht, und zwar für alle, die Zeit mit dir verbringen durften. Allen voran für mich, Emilia. Du hast mich 2013 zu deiner Mama gemacht und mir beigebracht, was es heißt, bedingungslos, mit einer Intensität nicht geahnten Ausmaßes zu lieben. Du hast mir gezeigt, worauf es im Leben ankommt, was wirklich zählt und hast mich geerdet. Jede Sekunde mit dir war ein unbezahlbares Geschenk, für mich und deinen Papa, und später auch für deinen geliebten und sehnlichst erwarteten kleinen Bruder. Deine pure Anwesenheit genügte, es war kein Ton, kein Wort nötig, um allen ein Lächeln auf die Lippen und einen schimmernden Glanz in die Augen zu zaubern. Du hast jeden Millimeter des Raumes mit Wärme gefüllt. Diese besondere Gabe, mit der nur wenige Menschen gesegnet sind, wie ich nun weiß, hast du selbst in der schlimmsten Zeit unseres Lebens, bis zu deinem letzten Tag hier auf Erden, nicht verloren.

Mit dem Zeitpunkt der Diagnose im April 2020, Neuroblastom Stadium vier, d.h. im gesamten Körper metastasiert, Hochrisikogruppe, ist bereits ein Teil von mir gestorben, denn sein eigenes Kind nicht nur dieser zerstörerischen, heimtückischen Krankheit, sondern auch den vernichtenden Therapien, ausgeliefert zu sehen bzw. machtlos dabei zuzuschauen, übersteigt jegliche Vorstellungskraft eines Menschen, bis er es selbst erfahren muss. Dieses Ohnmachtsgefühl ungeahnten Ausmaßes, das mich erfasst hat, ist mit Worten nicht zu erklären. Weißt du, wer mich Tag für Tag dazu angetrieben hat über meine Grenzen zu gehen? Wer mein Motor war? Du hast Kräfte mobilisiert, eigene und unsere, die es nicht gab. Du hast Energien ausgeschöpft, die schon lange leer waren. Du hast gestrahlt, obwohl die dunkelsten Wolken aufgezogen sind, hast gelebt und geliebt, mit ganzem Herzen, aufrichtig und unermüdlich, beispiellos und das auf die liebenswerteste, unaufdringlichste und leidenschaftlichste Art, wie es ein Kind nur tun kann. Fremde Menschen, die uns, während dieser sechsundzwanzig Monate schwerster Krankheit im Rahmen der Therapien an den verschiedensten Orten begegnet sind - und davon gab es viele, sehr viele - waren von dir und deiner bannenden Ausstrahlung nachhaltig fasziniert. Mehr als einmal wurde ich zur Seite genommen und gefragt: „Wie macht sie das nur?". Eigentlich wusste ich die Antwort darauf nicht und doch kamen folgende Worte aus meinem Mund: „So ist ihr Naturell. Sie sieht das Gute. Sie ist das Gute. Sie macht den einen Sonnenstrahl ausfindig, der den Weg durch die dicke Wolkenschicht schafft und ergreift ihn." Jedes Wort ist nicht genug, ist zu gering. Kein Wort der Welt kann auch nur ansatzweise beschreiben, wie wundervoll du bist, Emilia. Du warst, bist und wirst für uns auf ewig der Inbegriff von Vollkommenheit sein. Du bist Liebe, pure Freude, Inspiration. Du bist alles, was wir je sein und erreichen wollten. Dein viel zu kurzes Leben hier auf Erden ist der Nährboden unserer Zukunft, die wir in deinem Sinne gestalten werden und ich zähle die Tage, bis ich endlich wieder bei dir bin, denn du bist mein Glück und meine Erfüllung.

Emilia Grace Erna

Ulla und Robert

Endlich! Nach achtjähriger Wartezeit und als wir die Hoffnung schon fast aufgegeben hatten, entschied sich unsere zweite Tochter doch noch dazu, zu uns zu kommen. Unser Glück war riesengroß. Alles während der Schwangerschaft verlief perfekt und die Hausgeburt war der krönende Abschluss dieser: ruhig, im Kreise der Familie und total selbstbestimmt kam sie in unserem Wohnzimmer zur Welt. Wir alle schwebten auf Wolke sieben. Nach einer Woche kam dann der tiefe Absturz: Emilia hat Trisomie 21, wenig später wurde auch der oft damit verbundene Herzfehler diagnostiziert. Die Schulmedizin prophezeite uns, dass unsere Tochter lethargisch und schläfrig sein und manchmal blau anlaufen könnte. Stattdessen zeigte sie uns eine andere Seite: Emilia war quietschvergnügt, ein Sonnenschein und stets gut gelaunt. Trotz ihrer Erkrankung erlebten wir wundervolle Tage, Wochen und Monate im Kreise unserer Klein- und Großfamilie. Sie verzauberte uns jeden Tag und öffnete uns die Augen für die wichtigen Dinge im Leben: das Leben selbst. Sie lehrte uns auch, an etwas zu glauben und nie, nie, nie, nie aufzugeben.

Ich verlasse meinen physischen Körper und mache mich auf, um nach einer ganz bestimmten jungen Dame zu suchen. Es dauert nicht lange und schon bald finde ich mich an einer Art Klippe wieder, in deren unmittelbaren Nähe eine kleine, unscheinbare Hütte steht. Vorsichtig nähere ich mich ihr, öffne die Eingangstür und gehe durch sie hindurch. Zu meinem Erstaunen finde ich dahinter eine zirka fünfzig Zentimeter große Spieluhr vor, die sich problemlos von mir aufziehen lässt. Eine ganze Weile lang lausche ich der Musik, ehe ich mich dazu entschließe, wieder kehrtzumachen. Draußen angekommen, gelange ich nach wenigen Gehminuten an einen

Spielplatz, an dem ich auf zwei Mädchen treffe. Sie tragen ein und dasselbe blau-weiß gemusterte Kleid, ihr braunes Haar zu einem Pferdeschwanz zusammengebunden und es ist nicht zu übersehen, dass es sich dabei um Zwillinge handelt. Doch ich suche nach jemand anderen, weshalb ich mich von den beiden abwende und rufe: „Emilia! Emilia!" Keine Sekunde später unterbrechen die Zwillinge auch schon ihr Spiel. „Emilia ist noch mit Emma unterwegs und kommt deshalb ein bisschen später", geben sie mir zu verstehen. Kurze Zeit später kehre ich, aufgrund einer Unachtsamkeit meinerseits, unfreiwillig, in meinen physischen Körper zurück. Allzu gerne hätte ich noch ein wenig Zeit an diesem himmlischen Ort verbracht, um weitere jenseitige Eindrücke zu sammeln und möglicherweise sogar Emilia höchstpersönlich kennenzulernen. Allen Anschein nach hat sie es dort nicht nur wunderschön, sie hat auch noch jede Menge Freundinnen.

Nicht immer leuchten uns die Veränderungen, die das Leben als Mensch unweigerlich mit sich bringt, sofort ein. Sie ergeben einfach keinen Sinn und wir sehen uns häufig Situationen ausgesetzt, die uns hilflos fühlen lassen und an denen wir, in manchen Momenten, zu zerbrechen drohen. Doch die Wahrheit ist, dass wir niemals auf uns alleine gestellt sind, denn das Universum sorgt stets dafür, dass die richtigen Menschen aufeinandertreffen. Trotzdem ist es nicht immer einfach diese Hilfestellungen höheren Ursprungs zu erkennen, geschweige denn sie anzunehmen und manchmal benötigt es zusätzlich Zeit, um unsere Wunden heilen zu lassen und unser Herz wieder nach außen tragen zu können. Ulla und Robert sind zwei außergewöhnliche Menschen, die, obgleich sie sich dessen nicht bewusst sein mögen, in meinem Leben eine entscheidende Rolle spielen. Unsere Wege haben sich gekreuzt, kurz nachdem meine Tochter unter mysteriösen Umständen diese Welt verlassen hat. Damals war ich todunglücklich, kurz davor den Verstand zu verlieren und mich ebenfalls von meinen Liebsten zu verabschieden, als die beiden, auf wundersame Art und Weise, in meinen Fokus gerieten. Die Tatsache, dass sie es nicht nur geschafft haben, Seite an Seite, den Tod ihres Kindes zu überleben, sondern darüber hinaus auch noch in ein glückliches Leben fanden, machte mir Mut und Hoffnung. Sie waren der sprichwörtliche Rettungsanker, nach dem ich sehnsüchtig und voller Verzweiflung gesucht hatte und wussten, aufgrund ihres eigenen Verlustes, haargenau über meine Gedanken und Gefühle Bescheid. Bis heute begleiten Ulla und Robert trauernde Eltern und unterstützen sie auf einfühlsame Art und Weise in ihrem Trauerprozess. Darüber hinaus hat sich Robert zum Medium ausbilden lassen, um seinen Mitmenschen die unbeschreibliche Liebe der geistigen Welt näherzubringen. Insbesondere ihr Buch „Von grau zu bunt – Wie du nach dem Tod deines Kindes zurück ins Leben findest" liefert wertvolle Einblicke in den Weg, den sie beschritten haben. Das Besondere daran ist, dass sie nebst persönlichen Erfahrungen und Aspekten der Trauerbegleitung auch wertvolle spirituelle Wegweiser setzen und so dazu beitragen, eine andere Sichtweise auf die Themen „Tod und Trauer" Einzug in unser aller Leben nehmen zu lassen. So geschah es, dass ich ihnen für die Unterstützung, die sie mir haben zukommen lassen, meinen Dank aussprechen wollte und dabei kam mir nichts Geringeres in den Sinn, als ihnen ein Treffen mit ihrer Tochter zu ermöglichen und ein weiteres Abenteuer seinen Anfang nehmen zu lassen.

„Guten Morgen, ihr zwei. Sagt, könnt ihr euch an die Ereignisse der vergangenen Nacht erinnern? Wir sind zusammen geflogen."

„Leider nein. Wir hatten einige Probleme damit, es uns nach der Schlafunterbrechung bequem zu machen. Robert lag auf der Liege, ich hingegen auf der Couch. Dabei hatte ich immer wieder das

Gefühl, mit meiner Aufmerksamkeit von meinem Körper wegzudriften und mich in einer Art Zwischenebene zu befinden."

Im Alter von drei Monaten vollbrachte Emilia in unseren Augen ein kleines Wunder: ein Operationstermin war wegen ihrer Herzerkrankung angesetzt worden. Bei der Voruntersuchung zur bevorstehenden Operation stellte der Arzt jedoch höchst erstaunt fest, dass Emilia Gewebe gebildet hatte und das Loch im Herzen dadurch kleiner geworden und eine Operation nicht mehr nötig war. Nie werden wir unseren Glücks- und Freudentaumel vergessen, als wir diese Nachricht erfahren haben. Wir genossen unsere Elternrolle mit unseren beiden Töchtern sehr. Es war rührend zu beobachten, welch tiefe Verbindung die beiden Schwestern zueinander hatten (und immer noch haben). Durch Emilias Wesen fühlten wir uns, als könnten wir im Leben alle Schwierigkeiten meistern bzw. alle Lasten tragen. Ihr entging nie unsere Stimmung und sie konnte Negatives sofort umwandeln und unser Herz mit absoluter Liebe füllen. Sie hat uns gelehrt, absolute Höhen und Tiefen zu erleben und annehmen zu können.

Genauso wie Robert hatte auch Ulla vollkommenes Neuland betreten. Außerkörperliche Erfahrungen waren für sie ein gänzlich unbekanntes Terrain und obwohl wir uns eingangs darüber unterhalten hatten, was in den kommenden Wochen auf sie zukommen könnte, machte es einen riesigen Unterschied, ob man lediglich bei der Theorie bleibt oder aber zur Tat schreitet. Nebenher galt es Ullas sowie Roberts Traumerinnerungsfähigkeit durch den Einsatz gezielter Techniken kontinuierlich zu steigern und ihnen die Basics des Astralreisens näherzubringen. Aus diesem Grund war es nicht recht verwunderlich, dass sie sich nicht sofort daran erinnern konnten, was sie nachts zuvor erlebt hatten. Es war ein Prozess, eine Reise, ein Abenteuer, auf das sie sich eingelassen hatten und bei dem sie sich ihrem Ziel Schritt für Schritt nähern sollten.

Als Emilia etwas ein Jahr alt war, wurde ein neuer Operationstermin notwendig, um ihr kleines Herz zu entlasten. Wieder durchlebten wir, neben unserer bestens gelaunten Tochter, eine Achterbahnfahrt der Gefühle. Einerseits voller Hoffnung, Emilia könne wieder „ein Wunder" vollbringen, andererseits voller Ängste und Sorgen, wie sie die Operation und die Zeit danach auf der Intensivstation überstehen würde. Am Vortag des Eingriffs bekam Emilia Fieber und so wurde der Termin abgesagt bzw. auf später verschoben. Emilia entschied wieder anders und wir glaubten, ein zweites Wunder würde passieren. Sie würde für dieses Wunder nur noch etwas Zeit brauchen. Aber so wie sie gekommen ist, vollkommen ruhig und selbstbestimmt und im Kreise ihrer Familie, so ging sie am Tag als sie operiert hätte werden sollen auch wieder von dieser Welt.

„Ich wusste, dass es heute Nacht passieren wird. Ich wusste es einfach. Ich erinnere mich daran, dass du mich abgeholt hast und wir zusammen geflogen sind. Robert erging es heute Morgen ähnlich. An das darauffolgende Treffen mit Emilia können wir uns jedoch leider nicht mehr erinnern."

Es sollte ein bisschen dauern, ehe es so weit sein sollte und Ulla und Robert ihre Tochter endlich wiedersehen durften. Sie waren einander auf der ersten astralen Ebenen begegnet, jener Ebene, die wir im Augenblick unseres Todes aufsuchen. Bei dieser Gelegenheit hatte sich Emilia ihren Eltern um einiges älter gezeigt, als sie zu Lebzeiten gewesen ist. Obwohl sich Ulla und Robert teilweise an die Geschehnisse der vergangenen Nacht erinnern konnten, war ihnen der entscheidende Part, die Begegnung mit ihrer Tochter, abhandengekommen. Doch noch war nicht alles verloren und uns blieb eine letzte Nacht, in der sich herausstellen würde, ob wir letzten Endes doch noch Erfolg haben sollten.

„Ulla und Robert, jetzt!" Zügig verlasse ich meinen physischen Körper, wechsle die Ebenen und gelange so vom Diesseits ins Jenseits. Das Erste, das ich wahrnehme, sind südländisches Klima und haufenweise Kinder, die sich den unterschiedlichsten Spielen widmen. Mittendrin entdecke ich Emilia und Ulla! Sie haben sich auf einer Picknickdecke niedergelassen, wohingegen sich Robert in einigen Metern Entfernung aufhält. Mutter und Tochter tragen hübsche weiße Kleider und genießen ihr Beisammensein in vollen Zügen. Vor allem Ulla wirkt überglücklich und strahlt vor Freude übers ganze Gesicht.

Der Schock war riesengroß, der Absturz unendlich. Noch nie in unserem Leben waren wir so hilflos, so ohne Möglichkeiten, mit dieser Situation umzugehen. Nach ca. drei Monaten haben wir dann die erste Botschaft von Emilia aus der geistigen Welt bekommen. „Warum seid ihr beide so traurig? Ich habe keinerlei Beschwerden, es geht mir bestens! Ihr braucht nicht traurig sein, es war meine Entscheidung zu gehen und ich bin doch immer bei euch" Damals waren diese Worte für uns unfassbar, heute wissen wir, dass uns unsere Tochter immer begleitet. Sie hat uns eine komplett neue Welt eröffnet. Gemeinsam mit Anika durften wir erleben, wie Emilias Zuhause jetzt aussieht, dass es absolut richtig ist, dass es ihr blendend geht und wir uns vor dem Tod nicht fürchten brauchen, denn wir wissen genau, wer uns abholen wird, wenn wir nach Hause kommen. Liebe Anika, vielen herzlichen Dank für deine liebevolle und unterstützende Begleitung in den letzten Wochen. Folgendes ist heute Nacht geschehen:

Ich habe meinen Körper verlassen und bin dann zusammen mit Emilia kuschelnd in einem Sessel bei uns im Haus gesessen. Ich hatte das Gefühl, sie hat mich bereits erwartet. Dann sind wir geflogen. Robert habe ich schräg hinter mir wahrgenommen. Kurz habe ich mich gefragt: „Anika, bist du auch da?" Tatsächlich warst du direkt hinter mir und Emilia. Wir sind über eine südländische Landschaft geflogen. Ich habe das dunkelblaue Meer gesehen und eine Küstenstadt. Ein großes Gebäude - ähnlich einer Kirche/Moschee - war noch eingerüstet und dessen Dach offen. Ich fühle mich heute irgendwie befreit und beschwingt. Ich schwebe immer noch und freue mich so sehr über die Begegnung mit Emilia. Bei Roberts medialen Abend im November habe ich von einem anderen Medium die Botschaft erhalten, dass bald etwas ganz Schönes passieren wird und das nur für mich. Ich denke; er hat die Begegnung mit Emilia gemeint. Robert kann sich leider nicht erinnern, aber er hatte bereits gestern das Gefühl, dass das so sein wird.

Die Anstrengungen der vergangenen Wochen hatten sich bezahlt gemacht und Ulla hatte ihre Tochter nicht nur wiedergesehen, sie konnte sich auch daran erinnern. Für Robert hingegen war etwas anderes vorhergesehen und noch am selben Tag erhielt ich, von der geistigen Welt, die Erklärung dafür:

Für Ulla war es weitaus wichtiger, Emilia wiederzusehen, denn Robert verfügt bereits über seine eigene, besondere Verbindung zu seiner Tochter. Ein bewusstes Erinnern würde seiner Tätigkeit als Medium ein Stück weit im Weg stehen und sein Fokus soll im Moment auf etwas anderem liegen als außerkörperlichen Erfahrungen.

Emilia

Ina

Ich fliege durch mehrere Täler, umgeben von abertausenden von Schmetterlingen, einer schöner als der andere. Vor mir, ein gigantisch großer Wasserfall, unter mir, ein scheinbar endlos langer Fluss. Elegant zieht er seine Bahnen durch das satte Grün der zahlreichen bunten Wiesen. Tränen der Freude laufe meine Wangen hinunter, denn noch nie zuvor habe ich etwas dermaßen Schönes gesehen. Es ist das Zuhause eines Jungen, genauer gesagt, einer hoch entwickelten Seele. „Sag meiner Mama, dass ich mich schon sehr darauf freue, sie wiederzusehen", teilt er mir mit, ehe ich kehrtmache und dieses Paradies wieder verlasse.

Was würdest du tun, wenn du wüsstest, dass dein Kind nicht mehr lange zu leben hat? Wenn feststünde, dass es diese Welt, noch vor dir und allen anderen, verlassen wird? Ein regelrechter Alptraum für jeden Elternteil, der für Ina und ihre gesamte Familie zur bitteren Realität werden sollte.

Achtzehnter Dezember 2020, 21:32 Uhr: Mein Handy klingelt, es ist mein Mann. „Ja?", sage ich ängstlich. Keine Antwort. Ich höre meinen Mann mit den Tränen kämpfen, nach Worten suchen. „Sie haben einen Tumor in seinem Kopf gefunden", sagt er endlich. „Nein, nein, das kann nicht sein", schreie ich ins Telefon. Alles um mich herum dreht sich. Ich mache die Augen zu und habe das Gefühl in eine tiefe, dunkle Schlucht zu fallen. Das war der Augenblick, an dem sich unser Leben für immer verändert hat.

Ich habe im Laufe der Jahre viele Menschen kennengelernt und bei den meisten davon wünschte ich, es wäre unter anderen Umständen geschehen. Ina gehört zu diesen Menschen, denn ihre Geschichte, die Geschichte ihrer Familie, berührt mich bis heute. Ich kenne kaum jemanden, der dermaßen viel Entschlossenheit, Mut und Kampfgeist besitzt, wie sie. Diese Frau hat mit Leib und Seele um das Leben ihres Kindes gekämpft, obwohl sie wusste, dass es in absehbarer Zeit die irdische Ebene verlassen würde. Mit diesem Wissen mobilisierte sie ungeahnte Kräfte, wie nur eine Mutter es tun kann. Ich kann mir nicht einmal annähernd vorstellen, was in ihr vorgegangen sein mag und doch weiß ich, dass diese Situation alles andere als einfach für sie gewesen sein muss. Philipp gehen zu lassen, war etwas, das Ina weitaus mehr abverlangte, als man einem einzelnen Menschen zumuten vermag und doch war es ihr aller Schicksal.

Unser Sohn, Philipp, war ein wilder und lebenslustiger Junge, als bei ihm, mit gerade einmal fünf Jahren, ein Hirntumor diagnostiziert wurde. An diesem Tag brach unsere Welt zusammen. Wie konnte das sein? Hat Philipp doch noch nie in seinem Leben über Kopfschmerzen oder Übelkeit geklagt, die typischen Symptome bei einem Hirntumor, vor allem in dieser Größe. Unsere letzte Hoffnung war, dass es sich um einen gutartigen Tumor handelte und man diesen, mit einer Operation oder Chemotherapie, bekämpfen könnte. Diese Hoffnung wurde uns einige Tage später genommen. Weder war der Tumor, aufgrund seiner Lage und seiner Größe, operabel, noch war er gutartig. Tatsächlich handelte es sich sogar um einen der bösartigsten Hirntumore, bei dem es keinerlei Chance auf Heilung gab und die Prognose niederschmetternd war. Ein Todesurteil für unser Kind! Wir konnten nicht fassen, dass uns so etwas passierte und uns nur noch so wenig Zeit mit Philipp bleiben sollte. Wir standen unter Schock, mussten gleichzeitig, aber stark sein für Philipp und seine 1,5-jährige Schwester.

Weshalb müssen Kinder sterben? Diese Frage begegnet mir mittlerweile sehr häufig. In Form von verzweifelten Eltern, die um den Verlust ihres Kindes trauern. Großeltern, die nicht ein und nicht aus wissen, weil sie fürchten, ihr Enkelkind nie wiederzusehen. Ich erkenne sie in den Augen meiner Kinder, die noch nicht verstehen können, weshalb ihre Schwester gehen musste und sie nicht. Es ist eine Frage, auf die sich im ersten Moment keine vernünftige Antwort finden lässt. Was, um alles in der Welt, rechtfertigt den Tod eines unschuldigen Kindes? Dafür gibt es einfach keine rationale Erklärung, was die Tragödie, die mit diesem Schicksalsschlag einhergeht, nicht einmal annähernd widerspiegelt. Kinder sind unsere Zukunft, doch was tun, wenn man dieser vorzeitig beraubt wird? Es ergibt einfach keinen Sinn, egal wie man diese Sache auch dreht und wendet. Letzten Endes gibt es dafür keine plausible Erklärung, oder etwa doch? Was, wenn wir die Sache die ganze Zeit über von einer falschen Perspektive aus betrachtet und dabei etwas Wesentliches übersehen haben? Was wäre, wenn wir den Tod nicht als Ende ansehen würden, sondern vielmehr als eine Art Heimkehr? Eine Heimreise in ein längst vergessenes Zuhause, in dem wir nicht mehr länger Mutter, Vater oder Sohn, sondern einfach nur Seele sind.

In den darauffolgenden Monaten erhielt Philipp eine Therapie, die zum Ziel hatte, das Tumorwachstum zumindest für eine gewisse Zeit aufzuhalten. Philipp ertrug diese tapfer und ohne sich jemals zu beschweren, stets mit einem Lächeln im Gesicht. Über seine Krankheit wollte er dabei nie sprechen. Nie fragte er uns, wann er wieder gesund werden wird und wie lange er noch die Tabletten nehmen muss. Nie fragte er, ob er an dieser Krankheit sterben kann. Wenn ich manchmal den Versuch machte, mit ihm über die Krankheit zu reden, blockte er ab. Im Nachhinein denke ich, dass Philipp von Anfang an gespürt hat, dass diese Krankheit nicht mehr weggehen und er nicht mehr gesund werden wird.

Mutter und Sohn haben zusammen auf einem hölzernen Steg Platz genommen, der einen atemberaubenden Blick auf das Meer liefert. Philipp trägt ein weißes Shirt und sitzt Ina direkt gegenüber. Beide verlieren sich in den Blicken des jeweils anderen, fast so, als gäbe es kein Morgen mehr. Die Zeit steht still und dieser Augenblick gehört nur ihnen und niemandem sonst. Es ist ein Treffen zwischen den Welten. Ein erstes Wiedersehen, auf welches viele weitere folgen werden.

„Ich musste schmunzeln, als ich deine Nachricht heute Morgen sah. Als Philipp noch lebte, es ihm aber schon schlechter ging, konnten wir nicht mehr wie geplant in den Urlaub ans Meer fahren. Deshalb haben wir manchmal, abends vor dem Schlafengehen, gesagt, dass wir uns in unseren Träumen am Stand von Teneriffa oder Mallorca treffen werden. Die beiden Inseln kannte Philipp. Als er dann starb, habe ich mir oft, während meiner Meditationen, einen Ort aufgesucht, um ihn zu treffen. Dabei habe ich mir immer vorgestellt, an einem Strand zu sein. Obwohl ich mich nicht daran erinnern kann, Philipp vergangene Nacht getroffen zu haben, ist es für mich absolut stimmig, dass wir uns an diesem Ort getroffen haben."

In der Zwischenzeit war Ina erneut Mutter geworden und hatte vor knapp einem Monat einen entzückenden kleinen Jungen namens Ben zur Welt gebracht. Aufgrund des damit einhergehenden Schlafmangels und der vielen unruhigen Nächte, die der Alltag mit Baby nun einmal mit sich bringt, sah meine Begleitung dieses Mal ein wenig anders aus. In Inas Fall war es beispielsweise nicht notwendig eine Schlafunterbrechung einzulegen, denn nächtliche Unterbrechungen hatte sie weitaus genug zu verzeichnen. Unsere Ausgangssituation war deshalb eine vollkommen andere und doch wusste ich, dass uns auch dieses Mal die Unterstützung der geistigen Welt gewiss sein würde.

Philipp ließ sich durch den Tumor und die Therapien jedoch nicht seine Lebensfreude nehmen. Er freute sich über die kleinen Dinge und genoss die viele Zeit mit mir und meinem Mann. Er lebte im Augenblick und wir nahmen uns diese Einstellung zum Vorbild. Nachdem der erste Schock verflogen war, beschlossen wir so wenig wie möglich daran zu denken, was uns in der Zukunft erwarten würde, sondern im Hier und Jetzt zu bleiben. Hier und jetzt hatten wir zwei wunderbare Kinder, welchen es gut ging, und darauf konzentrierten wir uns und machten das Beste aus der Zeit, die uns noch gemeinsam blieb. Wann immer es uns möglich war, unternahmen wir zusammen tolle Ausflüge, besuchten Freizeitparks (eine von Philipps Lieblingsbeschäftigungen), machten Urlaube, besuchten Freunde und versuchten so viele tolle Momente und Erinnerungen zu schaffen wie nur möglich. Es war eine sehr intensive, aber auch schöne Zeit, in der wir als Familie noch näher zusammengewachsen sind. Während dieser Zeit begann ich mich für spirituelle Themen zu interessieren, womit ich zuvor rein gar nichts anfangen konnte. Ich las Bücher über das Leben nach dem Tod und die geistige Welt und lernte in dieser Zeit auch Anika kennen, die mich seitdem eng begleitet. Das Wissen darum, dass es nach dem Tod nicht „vorbei" ist und ich weiterhin in Kontakt mit Philipp bleiben kann, nahm mir zumindest ein bisschen die Angst vor dem, was uns noch bevorstehen sollte.

Rasch werde ich in einem meiner Träume luzid, jedoch benötige ich mehrere Anläufe, ehe es mir gelingt von der Traum- in die astrale Ebene zu wechseln. „Ina, jetzt!", fordere ich entschlossen und finde mich innerhalb weniger Augenblicke an einem gänzlich anderen Ort wieder. Doch von Ina ist weit und breit nichts zu sehen. Stattdessen nehme ich Blick auf eine Art Reiterhof und ich komme nicht drumherum mich zu fragen, wer oder was mich hierher gebracht hat. „Ich bin hier sehr oft mit meiner kleinen Schwester", vernehme ich eine kindliche Stimme und im Nu taucht auch schon Philipp neben mir auf. „Ich hole sie ab, während sie schläft, genauso wie meine Mama und meinen Papa. Dann zeige ich ihnen mein Zuhause und all diese wunderschönen Orte, damit sie wissen, dass es mir gut geht. Unglücklicherweise können sie sich in den meisten Fällen nicht mehr daran erinnern, hier gewesen zu sein." Das klingt einleuchtend und ich komme zu dem Schluss, dass sich hinter diesem jungen Mann eine weitaus weisere Seele verbirgt, als es auf den ersten Blick den Anschein haben mag. „Kannst du mir denn vielleicht auch sagen, wo sich deine Mama aufhält?", frage ich ihn deshalb. „Ich wollte sie abholen und hierher mitnehmen, doch irgendetwas scheint schiefgelaufen zu sein." Philipp legt den Kopf zur Seite, lächelt sanft und meint: „Das ist so nicht richtig. Du brauchtest sie nicht abholen, denn sie hat es ganz von alleine hierher geschafft. Sie ist drüben bei den Pferden und wartet bereits auf mich."

Am 2. Juli 2022, kurz vor seinem siebten Geburtstag, mussten wir Philipp gehen lassen. Er verließ diese Welt mit einem wunderschönen Lächeln. Philipp war ein ganz besonderes Kind, sehr weise für sein Alter und wie eine Art Lehrer für uns und viele andere Menschen, die ihm auf seinem Weg begegnet sind. Er machte mich zu einem besseren Menschen und einer besseren Mutter. Philipp holte mich raus aus meinem Hamsterrad von Leben und zeigte mir, worauf es im Leben wirklich ankommt. Durch ihn habe ich erfahren, was bedingungslose und grenzenlose Liebe bedeutet und dass nur diese zählt. Er hat mir die Augen geöffnet für Spiritualität und die geistige Welt und mir die Angst vor dem Tod genommen. Dafür bin ich ihm unendlich dankbar.

Wie bereitet man nun ein Kind auf den Tod vor? Darauf, dass es schon bald sterben könnte? Ein Thema, das Ina, zu Recht, nachdenklich stimmte. Wenn man selbst nicht so genau weiß, was danach kommt, wie um alles in der Welt soll man seinem Kind dann versichern, dass es davor keine Angst zu haben braucht. Eines Tages fragte mich Ina, ob ich mir denn vorstellen könnte, ein Buch zu schreiben, welches Kindern erklärt, was sie nach dem Tod erwartet. Der Gedanke gefiel mir, mehr sogar, ich war Feuer und Flamme und konnte es kaum erwarten, endlich damit loszulegen. Doch die geistige Welt hatte anderes im Sinn. „Nein!", gab sie mir kurz darauf, während einer meiner Meditationen, zu verstehen. „Tu das nicht!" Mit einer solchen Reaktion hatte ich nicht gerechnet und, um ehrlich zu sein, verstand ich die Welt nicht mehr. Andererseits wusste ich, dass die geistige Welt gewiss gute Gründe dafür hatte, so zu entscheiden. Nicht nur ich, sondern auch Ina war ziemlich enttäuscht, als ich ihr davon erzählte und so nahm dieses Projekt sein Ende noch ehe es richtig begonnen hatte. „Ich verstehe nicht, weshalb ihr mich diese Geschichte nicht schreiben lässt", fragte ich immer wieder die geistige Welt, voller Hoffnung, dass sie ihre Meinung doch noch ändern würde. Doch es blieb dabei. Ich sollte dieses Buch nicht schreiben, bis … . Bis mir Ina eines Morgens die traurige Nachricht überbrachte, dass Philipp nach Hause zurückgekehrt sei. Wir blieben weiterhin in Kontakt und es sollte nicht lange dauern und ich erhielt eine weitere Botschaft, die ein wenig Licht ins Dunkel bringen sollte. „Stell dir vor, was passiert ist?", erzählte mir Ina eines Tages aufgeregt. „Philipp hat mir über ein Medium ausrichten lassen, dass er gerne Held in einem Buch wäre, in dem er über seine Abenteuer in der geistigen Welt berichtet. Ich habe dabei sofort an dich und dein Buchprojekt gedacht." Noch am selben Abend befragte ich die geistige Welt dazu und dieses Mal willigte sie ein. Auf einmal ergab alles Sinn. Das „Nein" zu Beginn und Philipp, der nun über die Welt, die er sein Zuhause nennen darf, berichten wollte. Also begann ich zu schreiben, um Philipps Geschichte für die Nachwelt festzuhalten und Kindern die Angst vor dem Tode zu nehmen. Mittlerweile weiß ich, dass der richtige Zeitpunkt dazu erst kommen sollte und gewiss dürfen wir noch weitaus mehr von diesem außergewöhnlichen Jungen erwarten.

„Guten Morgen, Ina. Du scheinst ein regelrechtes Naturtalent zu sein, denn du hast es vergangene Nacht doch tatsächlich ein weiteres Mal ganz von alleine hinausgeschafft. Doch nicht nur du warst bei Philipp, auch dein Mann war an seiner Seite. Ich habe einen riesengroßen Turm gesehen, der grün schimmerte und eine Ansammlung von Kindern. „Ich bin so stolz auf meine Mama!", hat Philipp gesagt."

„Leider kann ich mich wieder nicht erinnern, was passiert ist, aber wenn du von anderen Kindern sprichst, überkommt mich das Gefühl so etwas in der Art geträumt zu haben. Konkret erinnern kann ich mich jedoch nicht. Interessant ist aber, dass mein Mann ebenfalls dabei war, denn er hatte heute Morgen tatsächlich den Eindruck von Philipp geträumt zu haben. Es ist für mich aktuell sehr schwierig mich an irgendetwas zu erinnern, weil mein Baby nachts sehr oft wach wird und weint. Ich habe deshalb kaum die Gelegenheit mich auf etwas anderes zu konzentrieren."

Auch bei Ina und mir sollte der Fokus auf den letzten gemeinsamen Nächten liegen, was nichts Außergewöhnliches ist, sobald ich jemanden begleite. Trotzdem nimmt der Druck stetig und beiderseits zu, ebenso wie die Sehnsucht nach einem Treffen zwischen den Welten.

Ich befinde mich in einem Indoorspielplatz. Ina und ihr Sohn haben nebeneinander Platz genommen und sind voll und ganz ins gemeinsame Spiel vertieft. Plötzlich wendet sich Philipp mir zu und gibt mir unmissverständlich zu verstehen: „Ich bin noch lange nicht damit fertig, meine Geschichte zu erzählen.

Es gibt noch so viel mehr, das die Welt erfahren soll." Ich verstehe und nicke als Zeichen meiner Zustimmung. Danach widmet Philipp sich wieder dem gemeinsamen Spiel mit seiner Mutter und ich hoffe inständig darauf, dass Ina sich an diese Begegnung erinnern wird.

Leider Gottes hatte Ina auch dieses Mal nichts davon, was geschehen war, im Gedächtnis behalten, doch allein das Wissen ihren Sohn in der vergangenen Nacht getroffen zu haben, stimmte sie fröhlich.

Ich bin unheimlich stolz auf Philipp und dankbar dafür, dass ich sieben Jahre mit ihm verbringen durfte. Niemals werde ich sein ansteckendes Lachen vergessen, seine offene und freche Art, seine wunderschönen blauen Augen, seine schlauen Sprüche und seine grenzenlose Fantasie. Auch wenn Philipp physisch nicht mehr bei uns ist, so spüren wir seine Präsenz nach wie vor sehr stark und leben weiter in dem Wissen, dass er uns, von der geistigen Welt aus, begleitet. Ich liebe dich, Philipp! Danke, dass ich deine Mama sein darf!

Irgendwann war er dann da. Der erste Todestag. Jener Tag, der Inas Leben, von dem einen Moment auf den anderen in ein Davor und ein Danach unterteilt hatte, ganz gleich, ob sie das nun wollte oder nicht. Unsere Motivation war riesengroß und uns blieb eine letzte Nacht, in der sich Folgendes ereignete:

Es ist wie verhext, dabei soll es doch heute unbedingt klappen. Immer wieder werde ich aus meiner tiefen Entspannung gerissen, weshalb ich mehrmals von vorne beginnen muss. Doch kaum habe ich mich hingelegt, meldet sich meine jüngste Tochter zu Wort und verlangt lautstark nach meiner Aufmerksamkeit. „So wird das nichts!", befinde ich frustriert und schicke einen leisen Hilferuf nach oben. „Aki, du musst mir helfen!" Eine knappe halbe Stunde später drehe ich mich verärgert zur Seite und beschließe meine Versuche einzustellen. Doch ich bekomme kein Auge zu, weshalb ich mich darum bemühe, meinen Atem so ruhig wie möglich zu halten. Irgendwann sinke ich in eine Art Dämmerzustand, als ich eine jähe Bewegung aus meinem Augenwinkel wahrnehme, die mich putzmunter werden lässt. Mir wird klar, dass ich nicht mehr länger alleine bin und Besuch, in Form von einer weiteren Seele, erhalten habe. In dem Versuch möglichst ruhig zu bleiben, bemühe ich mich darum herauszufinden, um wen es sich bei dem nächtlichen Störenfried handelt. „Ina?", rufe ich kurze Zeit später erstaunt. „Was machst du denn hier?" Es ist nicht zu übersehen, dass sie erst kürzlich geweint haben muss und sie wirkt ziemlich durch den Wind. „Tut mir leid, dass ich einfach so bei dir hereinplatze", beginnt Ina zu erzählen. „Ich habe gerade Philipp getroffen und wollte dir unbedingt davon erzählen." Augenblicklich verflüchtigt sich meine Müdigkeit und weicht einer gehörigen Portion Neugierde. „Hast du es denn wieder alleine hinausgeschafft?", frage ich hastig. „Bei mir lief es leider alles andere als optimal." „Nein", gibt Ina zurück. „Dafür war meine Schwingung viel zu niedrig. Deine Geistführerin Aki hat mich abgeholt und mich zu Philipp gebracht. Ich bin ihr dafür sehr dankbar, denn ihn zu sehen war für mich äußerst wichtig."

Gerne würde ich behaupten können, dass sich Ina schlussendlich doch noch an das Erlebte erinnern konnte, aber es kam anders als gedacht. Trotz alledem wusste sie am nächsten Morgen, dass sie Philipp begegnet war. Sie fühlte es einfach und letzten Endes hegte ihre Seele keinerlei Zweifel daran. „Ina hat doch alles Notwendige dafür getan!", trat ich bei der nächstbesten Gelegenheit mit der geistigen Welt in Kontakt. „Warum konnte sie sich dann dennoch nicht erinnern?" Ich war ziemlich frustriert und kurz davor, mein Projekt hinzuwerfen. Nach einer weiteren schlaflosen Nacht kam ich zu dem Entschluss, dass es keinen einzigen plausiblen Grund für Inas Erinnerungslücken gab. Ganz im Gegenteil! Sie hatte meine Anweisungen genauestens befolgt und war kein bisschen davon abgewichen. Doch auch dieses Mal hatte die geistige Welt eine Erklärung dafür parat. Sie sagte:

„Ina ist eine unglaublich starke Frau. Sie hat so sehr um ihren Sohn, ihre Familie, gekämpft. Das tut sie auch jetzt noch. Es liegt in ihrem Wesen, nicht aufzugeben und unaufhaltsam nach einer Lösung zu suchen. Sie möchte stark sein, vergisst dabei aber völlig, dass ihr Herz nach wie vor weiterer Heilung bedarf. Manche Dinge benötigen Zeit und genau das gilt es in Inas Fall auch zu lernen. Sie steckt noch viel zu sehr in der Trauer, um sich an ein Treffen mit Philipp bewusst erinnern zu können. Im Moment bleibt ihr nicht genügend Zeit, um sich mit den Gefühlen, die unweigerlich mit dem Verlust einhergehen, auseinanderzusetzen. Ihr Fokus liegt vermehrt auf ihrem Baby sowie ihrer Familie und das ist auch gut so. Ina weiß, dass Philipp nach wie vor bei ihr ist und sie auf ihrem irdischen Weg begleitet. Sie ist eine Powerfrau und meistert ihr Leben auf beeindruckende Art und Weise. Wir sind davon überzeugt, dass sie niemals aufgeben wird nach Philipp zu suchen, was dazu führen wird, dass ihr es, zu einem anderen Zeitpunkt, abermals versuchen werdet, mit dem Unterschied, dass sie dieses Mal alles, was passiert, in Erinnerung behalten wird."

Philipp und Ina

Michael

Mein Sohn wollte die Welt verändern und sie zu einem besseren Platz zum Leben machen. Er liebte die Natur, die Tiere und hat immer davon gesprochen, dass wir die Umwelt schützen und für die nachfolgenden Generationen erhalten müssen. Er war für viele ein Vorbild. Sein Begräbnis war unvorstellbar und es kamen Menschen aus halb Europa, die ihn schätzten, obwohl ihn manche davon nur einmal gesehen haben. Er hinterließ Spuren und ich sehe es als meine Aufgabe, seine Ideen und sein Werk weiterzuführen. Es ist mir durchaus bewusst, dass alle Eltern in ihren Kindern etwas Besonderes sehen, aber Matthias war wirklich ein ganz außergewöhnlicher Mensch. Er war stets positiv und konnte Menschen aus allen Schichten begeistern.

Schon einmal durfte ich Michael für eine ganze Weile lang begleiten. Damals hatten wir uns gerade erst kennengelernt und doch wusste ich vom ersten Augenblick unserer Begegnung an, dass ich ihm, egal wie, helfen wollte. Ebenso wie ich beschäftigte er sich intensiv mit dem Phänomen der außerkörperlichen Erfahrungen und übte nahezu jede Nacht, mit dem Ziel vor Augen seinen Sohn, der während eines Kletterausfluges tödlich verunglückt war, wiederzusehen. Bedauerlicherweise war ihm das bislang noch nicht gelungen und auch ich sollte während unserer gemeinsamen Zeit rasch an meine Grenzen stoßen. Schlussendlich stellte sich heraus, dass seine Trauer noch viel zu groß war, was wiederum dazu führte, dass sich Michael an nichts von alledem, was er nachts erlebte, erinnern konnte. Es war wie eine Art Schutzmechanismus der geistigen Welt, die sicherstellen wollte, dass er sich nicht in den jenseitigen Ebenen verlor. „Würde Michael seinen Sohn jetzt wiedersehen, dann würde er nicht mehr von dort zurückkehren wollen", gab man mir zu verstehen. Außerkörperliche Erfahrungen dürfen keine Zuflucht sein. Sie sind eine hervorragende Möglichkeit, um das eigene Bewusstsein zu erweitern und die Anforderungen unseres irdischen Seins aus einer gänzlich anderen, höheren Perspektive zu betrachten. Michael und ich verloren uns nicht aus den Augen. Wir tauschten uns weiterhin aus und hielten den Kontakt, bis wir eines Tages beschlossen, unser Glück aufs Neue zu versuchen.

Matthias hat sein Studium abgeschlossen, in Rekordtempo seine eigene Firma gegründet, welche um die fünfzig Mitarbeiter hatte und parallel dazu war er, an meiner Seite, sehr erfolgreich in der Versicherungsbranche tätig. Er konnte sich auf nahezu jedem Parkett bewegen und faszinierte mit seiner gewinnenden Art seine Mitmenschen. Ganz gleich, ob er sich mit Akademikern unterhielt oder mit Mitgliedern seines heiß geliebten Motorradclubs unterwegs war, alle mochten ihn. Mein Leben war bis zum tragischen Tod meines Sohnes nur von Arbeit und dem Zwang, beruflich erfolgreich zu sein, geprägt. Einerseits habe ich auf materieller Ebene alles erreicht, was ich mir erhofft hatte, andererseits sind dabei viele Dinge auf der Strecke geblieben.

Es ist eine heitere Runde. Ein gemütliches Zusammentreffen von Freunden. Ein Beisammensein voller wertvoller Gespräche und gutem Essen. Draußen ist es bereits warm und alle sitzen auf der Veranda. Einige Meter davon entfernt mache ich einen entzückenden Kräutergarten ausfindig. Eine junge Frau mit dunkler Hautfarbe und wilder Lockenpracht hat sich am Klavier niedergelassen und spielt, als gäbe es kein Halten mehr. Eine hübsche Blondine unterhält sich angeregt mit etlichen Gästen, darunter ein älteres Ehepaar. Mittendrin hat ein junger Mann Platz genommen. Sein Name ist Matthias. Er genießt die Gesellschaft und die gute Musik.

Niemand aus dieser Runde nimmt Notiz von mir. Aber das müssen sie auch nicht. Alles, was zählt, ist hier zu sein.

Als Matthias am 23.8.2020 starb, hat sich mein Weltbild grundlegend verändert. Alles, was mir zuvor wichtig erschien, verlor plötzlich an Wert. Ich habe mein materialistisch geprägtes Weltbild über den Haufen geworfen und alles hat sich relativiert. Ich kam immer mehr zu der Überzeugung, dass es noch etwas über unser physisches Leben hinaus geben muss . Kein Stein blieb auf dem anderen. Ich kam zu der Erkenntnis, dass man vieles im Leben überdenken sollte, denn absolut niemand kann irgendetwas davon mitnehmen, denn alles davon ist bloß geborgt.

Nicht wenige Menschen, die sich für außerkörperliche Erfahrungen interessieren, hören eines Tages auf mit Üben, sobald sie feststellen, wie viel Mühe es sie in Wahrheit kostet. Die meisten davon sehnen sich danach ihren Körper zu verlassen, weil ihre Neugierde geweckt wurde und sie nun wissen möchten, was an der ganzen Sache dran ist und sie auf der anderen Seite erwartet. Michael jedoch hatte andere Beweggründe. Er wollte seinen Sohn wiedersehen, nichts anderes kam infrage. Dieser Mann hatte nahezu alles in seinem Leben erreicht, wovon man ein Mensch nur träumen kann. Ruhm, Erfolg, mehrere Kinder, eine wunderschöne Frau und doch musste er eines Tages erkennen, dass das alles nicht genug war, denn wahres Glück lässt sich nicht im Außen finden.

Seit Matthias Tod beschäftige ich mich intensiv mit dem Thema Thanatologie und lese unzählige Bücher über Nahtoderfahrungen und Medialität. Mein Interesse für Esoterik hält sich jedoch in Grenzen, da ich für alles einen Beweis brauche. Berichte mit wissenschaftlichem Background sind da schon eher mein Fall. Zum Glück gibt es heutzutage zunehmend mehr Ärzte und Wissenschaftler, die den Mut haben, sich öffentlich über derartige Themen zu äußern. Das ist keinesfalls selbstverständlich, da einige von ihnen deshalb schon ihren Job verloren haben. Unter anderem haben mich die Bücher von Eben Alexander, Elisabeth Kübler-Ross, Bernard Jakoby, Evelyn Elsaesser, Kenneth Ring, Jean-Jacques Charbonier, Jeffrey Long, Pim von Lommel, Betti Eadie, Raymond Moody sowie Oliver Lazar davon überzeugt, dass es noch mehr als unsere physische Welt geben muss, denn immerhin handelt es sich dabei ausschließlich um Ärzte und Wissenschaftler.

Ein Mann und eine Frau sitzen in einem Kanu. Er hinten, sie vorne. Die Frau trägt ein langes, fließendes, orangefarbenes Gewand. Ihr dunkles Haar ist raspelkurz, weshalb sie mich an eine Art Mönch erinnert. Der Mann sitzt ihr gegenüber, beide unterhalten sich. Plötzlich unterbricht die Frau das Gespräch und blickt mir tief in meine Seele. „Aki!", rufe ich erstaunt. „Was tust du denn hier?" Im selben Moment erhasche ich einen Blick auf das Gesicht des Mannes. Michael! „Meine Geistführerin Aki muss ihn hierher gebracht haben!", schießt es mir blitzartig durch den Kopf. Doch für Fragen bleibt keine Zeit, denn schon nähert sich ein weiteres Kanu. Ein junger Mann und eine Frau mittleren Alters haben darin Platz genommen. „Matthias!", höre ich Michael freudig rufen. Doch auch im Falle der Frau, scheint es sich um keine Unbekannte zu handeln. „Schön dich wiederzusehen!", begrüßt Michael diese. „Ist Papa auch hier?"

Leider werden vor allem Menschen der westlichen Kultur permanent manipuliert, sei es durch Werbung, unterschiedliche Medien, Mode, etc. und wir lassen einfach zu, dass das passiert.

Über die wirklich wichtigen Dinge im Leben wird kaum geredet.
Auch bin ich der Meinung, dass unser Schulsystem längst einer
tiefgreifenden Reform bedarf. Viel zu viele Dinge werden gelehrt,
die man danach nie wieder benötigt. Heutzutage sind Loyalität,
Moral, Ehre und Verantwortungsbewusstsein für viele Menschen
Fremdwörter. Was zählt, ist der persönliche Vorteil und das finde
ich sehr traurig.

Bedauerlicherweise hielt Michaels Pechsträhne, so wie sie begonnen hatte, auch weiterhin an, und er konnte sich kein einziges Mal daran erinnern, seinem Sohn begegnet zu sein. Das war nicht nur mühsam, sondern kostete ihm zusätzlich auch noch jede Menge Nerven. Obgleich er problemlos von sich aus in den Schwingungszustand gelangte, fehlte ihm jegliche Erinnerung daran, was danach passiert ist. So verging Woche um Woche, ohne dass wir etwas Positives zu berichten hatten. Doch eines Tages ereilte mich dann aus heiterem Himmel folgende Nachricht:

„Ich bin gestern Abend um einundzwanzig Uhr zu Bett gegangen und zirka eine Stunde später eingeschlafen. Gegen zwei Uhr habe ich eine halbstündige Schlafunterbrechung eingelegt und bin in der Zeit leichten Haushaltstätigkeiten nachgegangen. Anschließend habe ich meditiert und bin dann irgendwann wieder eingeschlafen. Ich bin mehrere Male munter geworden und kann mich an etliche Träume, die ich in der Zwischenzeit hatte, erinnern. Folgendes Erlebnis jedoch lässt mich einfach nicht mehr los."

Ich finde mich in einem Traum wieder. Ich habe einen geschäftlichen Termin gegenüber von meinem Büro, der ziemlich lange dauert. Als ich auf die Uhr sehe, ist es bereits

18:30 Uhr und ich wundere mich, dass meine Frau noch nicht angerufen hat, um zu fragen, wo ich sei. „Ich muss wieder zurück ins Büro!", denke ich. In der Zwischenzeit hat es stark zu regnen begonnen. Merkwürdigerweise trage ich nur Filzpantoffel an den Füßen, die bereits richtig nass geworden sind. Ich überquere die Straße und gehe zum Eingang, wo sich mein Büro befindet. Der Eingangsbereich sieht allerdings ganz anders aus und auch die Aufzüge kann ich nicht finden. Irgendwann entdecke ich dann doch einen Eingang und sehe die Fahrstühle lediglich von der Rückseite, was mir merkwürdig vorkommt. Irritiert wende ich mich an eine Frau, vermutlich die Portierin, und fragt, ob ich hier richtig sei. „Gehen Sie noch einmal hinaus und nehmen Sie bitte einen anderen Eingang", antwortet sie mir freundlich. Sie begleitet mich hinaus und sagt einem Mann, wer ich bin und dass es ok sei, dass ich hier bin. Im Lift angekommen, fahre ich nach oben. Doch als ich aussteige, sieht der Gang ganz anders aus als üblicherweise, noch dazu habe ich Schwierigkeiten mein Büro zu finden. Zaghaft öffne ich eine Tür, wobei ich mir nicht sicher bin, ob ich hier richtig bin. Als ich hineinsehe, liegen einige Frauen auf dem Boden und machen allen Anschein nach Yoga-Übungen.

In dem Moment kommt mir der Gedanke, dass ich mich in einem Traum befinden könnte. Mit einem kurzen Blick auf meine Hand stelle ich jedoch fest, dass sie vollkommen normal aussieht. Doch auf den zweiten Blick sehen meine Finger eigenartig verkrüppelt aus. Doch nicht nur das, einer ist sogar zu viel! Jetzt bin ich mir absolut sicher, dass ich gerade träume. Augenblicklich werde ich luzid und erlange vollkommenes Wachbewusstsein sowie vollständige Handlungsfähigkeit. Plötzlich taucht mein Sohn Lukas neben mir auf und wir unterhalten uns. „Was wünschst du dir?", möchte er von mir wissen. „Ich möchte Matthias endlich wiedersehen", antworte ich, ohne eine Sekunde darüber nachzudenken. Mit einem Mal öffnet sich die Tür und Matthias betritt den Raum. Er sieht um etliches jünger aus. Überglücklich ihn hier anzutreffen, frage ich ihn, wie es ihm geht. „Alles okay", versichert er. „Mir geht es gut." Da ich mir nicht ganz sicher bin, hake ich nochmals nach und möchte wissen, ob es „oben" besser ist als hier bei uns. Ich habe Angst, dass ihm dort langweilig sein könnte oder er einsam ist. „Selbstverständlich ist es dort besser", antwortet er voller Zuversicht. Ich bin heilfroh, das aus seinem Mund zu hören und freue mich, Matthias endlich getroffen zu haben.

Außerkörperliche Erfahrungen bieten ein breites Spektrum an mystischen Erlebnissen. Sie können mit mehr oder weniger Bewusstheit erfahren werden, je nachdem wie viel davon wir auf unsere Reisen mitnehmen. Manche Menschen legen keinen großen Wert darauf, ihren physischen Körper vollständig zu verlassen. Stattdessen verlagern sie ganz einfach einen Teil ihres Bewusstseins an den Ort, den sie sich aufzusuchen wünschen. Die wenigsten Menschen wissen, dass dieser Ablösungsprozess, die Trennung unseres energetischen Körpers von seinem physischen Pendant, im Grunde genommen gar nicht notwendig ist, um sich unabhängig vom eigenen physischen Ich zu erfahren. Teilweise mag das in unseren Erwartungen begründet sein, die ebenso Einfluss auf unsere Realität(en) nehmen wie die Gedanken, die wir fassen. In Michaels Fall hatte er jenes Spektrum von Außerkörperlichkeit erfahren, welches man als luzides Träumen bezeichnet. Diese Art des Träumens erweist sich, ebenso wie normale Träume auch, als ausgezeichneter Treffpunkt zwischen den Welten, obgleich in dieser Ebene des Seins unser Unterbewusstsein eine wesentliche Rolle spielt. Für bereits verstorbene Seelen ist es nicht von Bedeutung, in welcher Ebene des Seins sie uns begegnen. Für sie stellt es keine große Herausforderung dar, sich unserer Schwingung anzupassen und so treten sie uns gerne auf diese Weise entgegen. Begegnungen dieser Art finden weitaus häufiger statt als gedacht und wir erhalten heilsame Botschaften aus dem Jenseits. Auch Matthias hatte seinem Vater etwas Wichtiges mitgeteilt. Dass es ihm gut geht, dort, wo er nun ist und er sich nicht länger um ihn zu sorgen braucht. Dass sie einander eines Tages wiedersehen werden, steht außer Frage und bis es so weit ist, bleibt das tiefe Gefühl der Verbundenheit und das untrügliche Wissen, dass Liebe etwas ist, das sämtliche Dimensionen hinweg überdauert.

Matthias

Medinaseeh

Ein Ort ohne Zeit,
ein Ort voller Liebe, Wärme und Geborgenheit.
Ein Ort, um lang vermisste Menschen wieder zu sehen,
ein Ort, den wir hier noch nicht verstehen.
Ein Ort voller Blumen, Farben, Licht,
ein Ort, stimmiger als jedes Gedicht.
Ein Ort, voller Frieden, ohne Streit,
ein Ort ohne Schmerzen, ohne Leid.
Ein Ort ohne Alltags-Last,
der Ort, den Du nun schon gefunden hast.
Der Ort, wo ich Dich irgendwann wieder in die Arme nehm´,
und dann bleibt die Zeit gemeinsam für uns steh´n.

(Christopher Bayer)

Einst habe ich mich dazu entschlossen mein Zuhause, die geistige Welt, zu verlassen, um als Mensch hier auf Erden zu wandeln, zu lernen und mich weiterzuentwickeln. Als geistiges, spirituelles Wesen vergesse ich niemals meine Abstammung, obgleich ich mich, für die Dauer meines irdischen Daseins, in einen Mantel aus Fleisch und Blut hülle, der jegliche Erinnerung an meine Herkunft verschwinden lässt. Hilflos und nackt betrete ich so die Bühne des Lebens und nehme den allerersten Atemzug von vielen. Dennoch ist sich meine Seele ihrer Aufgabe stets bewusst. Niemals vergisst sie den großen Plan, der hinter alledem steckt. Vor langer Zeit habe ich eine Wahl getroffen. Ich habe mich aus freien Stücken dazu entschieden, den schnellstmöglichen Weg nach oben zu nehmen. Auf diese Art und Weise klettere ich die Himmelsleiter empor und betrete Dimensionen, die jenseits von Raum und Zeit angesiedelt ist. Das Leben als Mensch ist ein Abenteuer und alles andere als einfach und doch habe ich diesen Pfad der Erkenntnis bereits abertausende Male beschritten.

Ehe ich mein Zuhause, die geistige Welt, verlasse, entscheide ich, zusammen mit einem ganzen Team von Helfern an meiner Seite, über jene Aspekte, die es noch in mein Seelendasein zu integrieren gilt. Sehr häufig handelt es sich dabei um bestimmte Themen aus früheren Inkarnationen, die nun aufgelöst werden dürfen, denn, früher oder später, muss die Waagschale des Karmas in ein natürliches Gleichgewicht gebracht werden. Nebenbei erwartet mich noch eine Vielzahl anderer Lektionen, mit denen ich im Laufe meiner Lebenszeit konfrontiert werde. Doch bevor es so weit ist und ich mein Erdenkleid anlege, heißt es, zwischen mehreren Rollen auszuwählen.

Jede einzelne davon verfügt über spezifische Merkmale sowie eine individuelle Persönlichkeit, die es in der Form kein zweites Mal mehr geben wird. Ist alles entschieden, nehme ich Abschied und durchschreite die große Nebelwand, die mich geradewegs in die Welt führt, in der du und ich uns aktuell befinden. Einmal passiert lässt sie alles, was zuvor gewesen ist, augenblicklich in Vergessenheit geraten. Dennoch ist nicht alles davon zur Gänze verschwunden. Sicher verwahrt liegt es tief verborgen in meinem Innersten. Die untrügliche Wahrheit. Darüber, was oder wer ich wirklich bin. Möglicherweise werden im Laufe meines irdischen Lebens einzelne Segmente, Bruchstücke, oder Erinnerungen auftauchen. An meine Vergangenheit, das, was einst gewesen ist und ich werde mir zunehmend über den eigentlichen Sinn meiner Existenz bewusst.

In Wahrheit habe ich mir alles, was in meinem Leben geschieht, selbst ausgesucht. Ich habe eine Wahl getroffen und mich aus freien

Stücken dazu entschieden. Für das Gute, aber auch für jene Erfahrungen, welche mir Kummer und Leid bescheren. Was im ersten Moment grausam klingen mag, ergibt, aus einer höheren Perspektive betrachtet, durchaus Sinn. Ich wollte erfahren, was es bedeutet, sein Kind zu verlieren, um anderen betroffenen Eltern auf mitfühlende und liebevolle Art und Weise eine Stütze zu sein. Nach dem Tod meiner Tochter bin ich in der Hölle gelandet, habe einen Weg hinausgefunden und dabei den Himmel auf Erden entdeckt.

Nach und nach besinne ich mich meiner Aufgaben und weiß nun, dass ich hier auf Erden einen wesentlichen Anteil zur Heilung beitragen darf, sofern ich mich dazu entscheide. Indem ich Trauernden helfe, ihre verstorbenen Lieben wiederzusehen, ihnen zur Seite stehe, wenn sie am eigenen Leib ihre Unsterblichkeit erfahren und sie stütze, wenn der Schmerz des Verlustes droht Überhand zu nehmen. Ich habe mir viel für dieses Leben vorgenommen, und werde, sämtlichen Widrigkeiten zum Trotz, bis zum Ende daran festhalten. So lange, bis der Zeitpunkt gekommen ist, an dem auch ich die Heimreise antreten darf, dorthin, wo alles, gleichsam seinen Anfang und sein Ende nimmt. Jenen Ort, an dem wir einander endlich wiedersehen.

In liebevoller Verbundenheit

deine Medinaseeh

Die Kunst des Astralreisens

In regelmäßigen Abständen werde ich gefragt, woher ich weiß, dass es sich bei dem, was ich nachts erlebe, nicht bloß um stinknormale Träume handelt. In den meisten Fällen stammt diese Frage von jemanden, der noch nie zuvor in seinem Leben eine Astralreise erlebt hat, denn wer auch nur ein einziges Mal erfahren hat, was es bedeutet, mehr zu sein als sein physischer Körper, der weiß, dass dieser Zustand sich ganz wesentlich von normalen Träumen unterscheidet. Außerkörperliche Erfahrungen liefern die einzigartige Gelegenheit, sich als unsterbliches Wesen zu erfahren und somit zur Erkenntnis zu gelangen, dass die Realität, in der wir uns befinden, lediglich eine von vielen ist, die kohärent existieren. Einmal erlebt, unterliegt das eigene Weltbild einem radikalen Wandel und bestehende Ängste dürfen dem heilsamen Wissen weichen, dass nichts von alledem, was passiert, grundlos geschieht.

Doch zunächst einmal sollten wir uns die Frage stellen, was außerkörperliche Erfahrungen überhaupt sind? Wie lässt sich dieses Phänomen beschreiben, wodurch wird es hervorgerufen und welche Möglichkeiten bieten sich uns dadurch?

Außerkörperliche Erfahrungen beschreiben jenen Zustand, in welchem sich der Betroffene außerhalb seines physischen Körpers erfährt. Als Folge dessen erhält er die einzigartige Möglichkeit einen Blick auf den eigenen ruhenden Körper zu werfen, Verstorbene zu besuchen oder Örtlichkeiten aufzusuchen, die fernab unserer physischen Realität angesiedelt sind. Derartige Erlebnisse können durch Narkose, Unfälle, den Gebrauch von (psychotropen) Substanzen, Meditation oder durch plötzlich einsetzende traumatische Ereignisse ausgelöst werden. In einer Vielzahl von Fällen können die Betroffenen anschließend sehr genau beschreiben, was sie während dieses Erlebnisses wahrgenommen haben, was wiederum ein Hinweis darauf ist, dass Bewusstsein etwas ist, das unabhängig von Raum und Zeit existiert. Außerkörperliche Erfahrungen sind etwas, das es seit Anbeginn unserer menschlichen Existenz, wenn nicht sogar weitaus länger, gibt und es ist vollkommen natürlich, dass wir Interesse daran hegen. In den vergangenen Jahren ist dieses immer präsenter werdende Phänomen zunehmend in den Fokus der Öffentlichkeit gerückt, was zur Folge hatte, dass die Wissenschaften bis heute akribisch nach einer plausiblen Erklärung für derartige „Nahtoderlebnisse" suchen, deren Authentizität keineswegs mehr von der Hand zu weisen sind.

Wir Menschen besitzen die wunderbare Fähigkeit, Vorkommnisse, die wir subjektiv für unwichtig erachten, eine ganze Weile lang auszublenden. Wir klammern sie ganz einfach aus und tun so, als wären sie ein Hirngespinst, ein simples Konstrukt unserer Fantasie, das einer überdurchschnittlich großen Vorstellungskraft entsprungen ist, doch die Wahrheit ist, dass wir diesen Punkt längst überschritten haben. Außerkörperliche Erfahrungen sind Teil unserer Realität und fester Bestandteil unseres Lebens, ob wir nun daran glauben oder nicht, spielt dabei keine großartige Rolle und wird rein gar nichts daran ändern. Jeder Mensch besitzt die Fähigkeit, das eigene physische Ich zu verlassen, um sich mit seinem nichtphysischen, energetischen Körper auf Reisen zu begeben. Wohin uns diese führen, das obliegt allein uns sowie der Absicht, die wir setzen. Mittlerweile gibt es Unmengen von Anleitungen, die erklären, wie man auf dem schnellstmöglichen Weg in den Genuss einer außerkörperlichen Erfahrung kommt. Trotzdem verbringt eine beträchtliche Anzahl an Menschen mehrere Jahre mit Üben, ohne jemals Erfolg zu haben. Manch andere wiederum schaffen es binnen kürzester Zeit ihren physischen Körper zu verlassen.

Worin besteht der Unterschied? Wissen die einen möglicherweise mehr als die anderen und welche Faktoren gilt es dabei zu berücksichtigen? Die Antworten auf diese Fragen sind weitaus vielschichtiger als sie auf den ersten Blick erscheinen mögen. Im Endeffekt ist und bleibt es ein komplexes Zusammenspiel einer ganzen Vielzahl an Faktoren, die uns, bewusst oder unbewusst, auf unterschiedlichen Ebenen unseres Seins beeinflussen. Dazu zählen unter anderem die eigene Intention, ein gewisses erforderliches Maß an Hartnäckigkeit sowie dem Wissen um den eigentlichen Prozess. Nebenbei gibt es noch dutzende andere Umstände, wie zum Beispiel die eigenen (un)bewussten Ängste, welche, zweifellos, jeder von uns, ob er das nun möchte oder nicht, besitzt.

Doch wie verhält es sich mit dem Faktor „Angst"? Lassen sich bewusste bzw. unbewusste Ängste gänzlich aus dem Weg räumen oder haben sie durchaus ihre Berechtigung? Gibt es einen triftigen Grund sich zu fürchten, sollte man sich dazu entscheiden, auf diese Art und Weise unterwegs zu sein?

Alles Fremde löst, im ersten Moment, ein Gefühl des Unbehagens in uns aus. Das passiert ganz automatisch und muss noch nicht einmal bewusst vonstattengehen. Begegnen wir etwas, das wir nicht kennen, ordnen wir es binnen weniger Sekunden einer uns bekannten Kategorie zu, um uns möglichst schnell wieder sicher und behütet zu fühlen. Alles, was uns aus unserer Komfortzone herausholt, verursacht Stress und sorgt dafür, dass wir mit allen Mitteln versuchen, auf dem schnellsten Weg wieder dorthin zurückzukehren. Dieses Verhalten ist menschlich und aus evolutionärer Sicht betrachtet sogar überlebensnotwendig. Menschen benötigen ein gewisses Maß an Sicherheit, insbesondere dann, wenn sie ihren sicheren Hafen verlassen, um Neuland zu erkunden. Aus diesem Grund ist es durchaus sinnvoll sich nach der Sicherheit, in Zusammenhang mit außerkörperlichen Erfahrungen, zu erkundigen. Zunächst einmal gilt es dabei das hartnäckige Gerücht aus der Welt zu schaffen, dass man im Zustand der Außerkörperlichkeit Gefahr läuft, bösen, niederen Wesenheiten zu begegnen. Andere wiederum fürchten, dass ihr physischer Körper, während ihrer Abwesenheit, von einer fremdartigen dämonischen Präsenz besetzt werden könnte. Letzteres lässt sich ohne Weiteres aus dem Weg räumen, denn Besetzungen dieser Art sind zweifelsohne unmöglich und liefern lediglich guten Stoff für diverse Horrorfilmproduktionen. Aber wie sieht es mit der Befürchtung aus, währenddessen schlechte Erfahrungen zu machen? Es ist nur verständlich, anfangs Gefühle wie Angst oder Unsicherheit zu verspüren. Weder wissen wir, was uns erwartet, noch, welchen Gesetzmäßigkeiten wir dort unterliegen. Obwohl ich in Zuge meiner jenseitigen Erkundungen kein einziges Mal einer negativen Entität begegnet bin, höre ich immer wieder von anderen Reisenden, dass sie durchaus Dinge erlebt haben, die ihnen Angst bereitet haben. Meiner Ansicht nach gibt es auch dafür eine plausible Erklärung.

Die astralen, jenseitigen Ebenen unterscheiden sich in vielerlei Hinsicht von unserer physischen Realitätsebene. Gedanken jeglicher Art haben das Potenzial sich dort in Windeseile zu manifestieren, was wiederum bedeutet, dass wir ein gewisses Ausmaß an Kontrolle darüber behalten sollten, was sich in unserem Innersten abspielt. Gelingt uns das nicht, so kann es durchaus passieren, dass sich eine unserer (un)bewussten Ängste manifestiert und uns in Gestalt einer furchteinflößenden Wesenheit entgegentritt. Meiner Erfahrung nach beinhalten derartige Begegnungen aber auch stets die Chance der eigenen Furcht zu entwachsen und gestärkt aus der Situation hervorzugehen. Dass das nicht immer einfach ist, ist verständlich und doch lohnt es sich, sich auf dieses spannende Abenteuer einzulassen. Sich den eigenen Ängsten zu stellen und sie beim Namen zu nennen ist und bleibt eine einzigartige Gelegenheit über seine Grenzen hinauszuwachsen und das eigene Ich-Bewusstsein zu stärken. Nichtsdestotrotz ist es dabei immens wichtig, sich mit dem eigenen Gedankengut auseinanderzusetzen und sich verborgenen Anteilen seiner Selbst nach und nach bewusst zu werden. Was auf den ersten Blick schwer klingen mag, kann, mit etwas Übung, zu einem regelrechten Vergnügen werden. Gleichzeitig läuten außerkörperliche Erfahrungen einen Transformationsprozess ein, der das eigene Bewusstsein kontinuierlich wachsen lässt. Nicht zuletzt ist es eine Entscheidung, die jeder für sich selbst zu treffen hat. Möchtest du dich auf diese Reise einlassen und nimmst dabei in Kauf, dass sich dein Weltbild radikal verändern könnte oder verharrst du auf dem gewohnten Weg?

Drei Gruppen von Menschen

Wenn es um das Erlernen von außerkörperlichen Erfahrungen geht, so lassen sich die Übenden grob in drei Kategorien unterteilen. Angehörige der ersten Gruppe möchten das Astralreisen zwar liebend gerne erlernen, geben aber auf, sobald sie feststellen, dass es doch länger dauert als ursprünglich angenommen. Sie nehmen die viele Mühe, die unweigerlich damit verbunden ist, nur ungern in Kauf und beenden ihre Versuche zumeist noch bevor sie überhaupt damit begonnen haben. Leider gibt es keine Garantie dafür etwas zu erleben und niemand kann mit Sicherheit sagen, wann es endlich so weit ist. Dazu kommt, dass das erste Erlebnis zumeist von kurzer Dauer ist und doch von entscheidender Bedeutung für alles, was danach kommt. Die erste außerkörperliche Erfahrung ist eine entscheidende Hürde, denn erst danach weiß man mit absoluter Sicherheit, dass es all das wirklich gibt. Alles davor ist und bleibt reine Spekulation. Sobald dein Unterbewusstsein zu der Überzeugung gekommen ist, dass es im durchaus im Bereich des Möglichen ist, unabhängig von Fleisch und Blut zu existieren ist alles, was folgt, weitaus einfacher zu händeln. Trotzdem ist es nicht jedermanns Sache, dermaßen viel Engagement und Zeit in Üben zu investieren. Noch dazu gilt es zusätzlich, die eigene Traumerinnerungsfähigkeit zu steigern, um möglichst wenig davon, was geschieht, zu vergessen. Ein nicht ganz unwesentlicher Punkt, dem in den meisten Fällen viel zu wenig Beachtung geschenkt wird und doch eine der wichtigsten Grundvoraussetzungen darstellt, wenn es um das Erlernen von außerkörperlichen Erfahrungen geht. Sehr viele Menschen ziehen es stattdessen vor, eine kleine Abkürzung zu nehmen. Ohne viel Zutun ihrerseits und ohne größere Umwege wünschen sie sich binnen kürzester Zeit ans Ziel zu gelangen. Die heutige Gesellschaft ist zweifellos von einem gewissen Maß an Schnelllebigkeit gekennzeichnet, welche aus unserem hektischen Alltag nicht mehr wegzudenken ist, was wiederum dazu führt, dass viele Übende viel zu schnell aufgeben. Sie beenden ihre Versuche und befinden, dass es außerkörperliche Erfahrungen möglicherweise doch nicht gibt, oder aber, dass sich der Aufwand, den das Üben unweigerlich mit sich bringt, ganz einfach nicht lohnt. Auf diese Art und Weise katapultieren sie sich ganz von allein ins Abseits und verpassen die einzigartige Gelegenheit, mehr über sich und ihr Sein in Erfahrung zu bringen.

Die zweite Gruppe hingegen agiert durchaus ein wenig hartnäckiger, was die Umsetzung ihrer Pläne betrifft. Diese Menschen lassen sich nicht so einfach aus dem Konzept bringen und gelangen, dank ihres vehementen Einsatzes und der konkreten Absicht, die sie dabei fassen, irgendwann an den Punkt und erleben ihre erste außerkörperliche Erfahrung. Früher oder später macht sich das viele Üben bezahlt und die vielen Misserfolge, die sie dabei erlebt haben, rücken zunehmend in den Hintergrund und spielen irgendwann keine Rolle mehr. Das Gefühl sich als multidimensionales Wesen zu erfahren, belebt jede einzelne Zelle ihres Körpers und befähigt sie dazu, ihr Leben aus einer gänzlich anderen Perspektive aus zu betrachten. Bestehende Ängste lösen sich in Luft auf und für einen Augenblick lang ist man nicht mehr länger Individuum, sondern Teil des großen Ganzen. Doch nicht nur das, nebenbei gelangt man wohl zur wichtigsten Erkenntnis von allen. Dass es den Tod in Wahrheit gar nicht gibt und somit all jene geliebten Menschen, die man im Laufe des Lebens verabschieden musste, weiterhin existieren. Mit etwas Glück bzw. dem richtigen Knowhow erhält man sogar die Möglichkeit, einem davon, während einer außerkörperlichen Erfahrung, zu begegnen. Danach erscheint nichts mehr wie es einmal war und man kehrt mit einem Gefühl des Gewahrseins und der tiefen Verbundenheit zu den Lebenden zurück. Den meisten Menschen genügt eine einzelne Erfahrung, um zu dieser wertvollen Erkenntnis zu gelangen und sie stellen, über kurz oder lang, das Üben ein. Manch andere wiederum begnügen sich damit, alle paar Monate etwas zu erleben und genießen diese mystischen Erfahrungen, um sie anschließend in ihr Alltagsbewusstsein zu integrieren.

Die dritte und letzte Gruppe aber unterscheidet sich von den beiden anderen ganz wesentlich. In erster Linie, weil sie keinen Grund dazu sieht, die eigenen Forschungen und Bemühungen einzustellen. Das komplette Gegenteil ist der Fall. Diese Menschen möchten nicht länger dem Zufall obliegen und suchen deshalb akribisch nach einem Weg, ihre übersinnlichen Erfahrungen zu reproduzieren. Sie geben sich nicht damit zufrieden, nur hin und wieder etwas zu erleben. Stattdessen suchen sie nach jenem verborgenen Schlüssel, der ihnen nicht nur eine Vielzahl an außerkörperlichen Erfahrungen beschert, sondern auch Einfluss auf deren Dauer sowie Qualität nimmt. Zu dieser Gruppe gehöre auch ich, denn außerkörperliche Erfahrungen sind mittlerweile zu einem festen Bestandteil meines Lebens geworden. Ich würde sogar so weit gehen und behaupten, diese Welt(en) zu entdecken war für mich so etwas wie Liebe auf den ersten Blick. Vom ersten Moment an, als ich davon gehört habe, war es um mich geschehen. Außerkörperliche Erfahrungen üben auf mich eine noch nie dagewesene Faszination aus, der ich mich unmöglich entziehen kann. Noch dazu sollte sich herausstellen, dass sie Teil meiner Berufung sind und es gibt kaum etwas, das mir mehr Vergnügen bereitet. Mir genügte es nicht nur hin und wieder etwas zu erleben und ich wurde regelrecht süchtig nach diesem Gefühl, das sich einstellt, sobald ich meinen physischen Körper verlasse. Aus diesem Grund begab ich mich auf die Suche nach jenen Faktoren, die in beiderlei Richtung Einfluss auf die Anzahl, Dauer sowie Qualität meiner nächtlichen Erlebnisse nehmen. So entstand ein Modell, das möglicherweise eines Tages dazu beitragen wird, das Geheimnis „Astralreise" ein Stück weit zu entschlüsseln.

Faktorenmodell

Als ich vor etlichen Jahren damit begann, mich mit diesem spannenden Thema auseinanderzusetzen, wusste ich weder, wo ich beginnen sollte, noch womit genau ich es zu tun hatte. Im Grunde genommen hatte ich von nichts eine Ahnung und fühlte mich die meiste Zeit über hilflos und auf mich allein gestellt. Zwar ist der Methodenpool, aus dem man mittlerweile schöpfen kann, riesengroß, aber worauf es dabei wirklich ankommt, davon haben die wenigsten Menschen eine Ahnung. Obwohl ich Tag und Nacht übte und dabei geduldig allerhand Techniken befolgte, war ich, meines Erachtens, meilenweit davon entfernt eine außerkörperliche Erfahrung zu erleben. Erst mit der Zeit, als ich zunehmend besser wurde und in regelmäßigen Abständen etwas erlebte, entdeckte ich erste potenzielle Zusammenhänge. Ich zog Schlussfolgerungen und beobachtete, über einen längeren Zeitraum, alle erdenklichen Variablen, die für einen Erfolg ausschlaggebend sein könnten. Um nichts davon zu vergessen, hielt ich alles akribisch in einem separaten Tagebuch fest. Ich notierte mir nicht nur wann und wie lange ich meditiert hatte, sondern hielt jedes noch so kleine Detail, welche sich im Nachhinein als nützlich erweisen könnte, darin fest. Eine Herangehensweise, die mir nicht nur aussagekräftige Ergebnisse bescherte, sondern nach und nach weitere Faktoren offenbarte, die maßgeblich daran beteiligt sind, wenn es um das bewusste Erleben von außerkörperlichen Erfahrungen geht. Variablen, die darüber entscheiden, ob man Erfolg hat, oder es bei einem missglückten Versuch bleibt. Sie außer Acht zu lassen, ist, meiner Ansicht nach, ein großer Fehler und überaus töricht. Vielmehr sollten wir ihnen die Aufmerksamkeit zukommen lassen, die sie verdient haben. Solltest du Interesse daran haben, deine Erfolgsquote zu steigern, dann könnte sich mein „Faktorenmodell" durchaus von Vorteil erweisen und deinen Entwicklungsprozess massiv beschleunigen. Aus diesem Grund möchte ich dir nun jene Faktoren vorstellen, die mir beim Erlernen des Astralreisens nicht nur sehr gute Dienste erwiesen haben, sondern mir bis heute dabei helfen, wenn es darum geht, das Jenseits zu erkunden. Alle Faktoren nehmen maßgeblich Einfluss auf die körpereigene Schwingung, denn, je höher man schwingt, umso einfacher ist es seinen physischen Körper zu verlassen. Schwingt man jedoch niedrig, so gestaltet sich die Sache durchaus komplizierter.

Bevor wir uns den einzelnen Faktoren zuwenden möchte ich anmerken, dass es sich dabei ausschließlich um Empfehlungen und persönliche Beobachtungen meinerseits handelt. Nichts davon muss sein, denn nicht jeder möchte sein Leben dermaßen verändern. Dennoch erscheint es mir wichtig, mein Wissen und meine Erfahrungen zu teilen und nicht ausschließlich für mich zu behalten. Im ersten Moment mag das Faktorenmodell rasch nach Verzicht klingen, aber die Vorteile, die sich dadurch ergeben, lassen sich nun einmal nicht von der Hand weisen. Wenn du mich fragst, dann geht es im Leben in erster Linie darum, Spaß zu haben und es in vollen Zügen auszukosten. Wer damit zufrieden ist nur hin und wieder eine außerkörperliche Erfahrung zu erleben, der sollte dieses Buch jetzt lieber zur Seite legen. Wer jedoch regelmäßig außerkörperliche Erfahrungen erleben bzw. höhere jenseitige Ebenen aufsuchen möchte, der wird nicht daran vorbeikommen, sich, früher oder später, mit den nachfolgenden Faktoren auseinanderzusetzen.

Faktor 1: Die Kraft der Gedanken

Das eigene Gedankengut ist ein machtvolles Werkzeug. Ich würde sogar so weit gehen zu behaupten, dass Gedanken in der Lage sind ganze Berge zu versetzen und gleichzeitig alles in einem einzigen Atemzug zu vernichten. Ist ein Gedanke erst einmal gesät, ganz gleich, ob berechtigt oder nicht, wird in unserem Innersten ein Prozess in Gang gesetzt, der nicht nur darüber entscheidet, wie wir uns fühlen, sondern auch, wie wir uns in weiterer Folge verhalten. Leider wissen die wenigsten Menschen über den tatsächlichen Wahrheitsgehalt, der sich hinter dieser Aussage verbirgt, Bescheid. Gedanken sind Fluch und Segen zugleich. Je nachdem, wie gut man die Kontrolle darüber behält, stellen sie ein wichtiges, sowie notwendiges Instrumentarium dar, um Situationen, Entscheidungen und Personen einer genauen, inneren Betrachtung zu unterziehen. Sie verhelfen uns zu mehr oder weniger durchdachten Urteilen und lotsen uns so durch den Dschungel des täglichen Lebens. Nicht immer ist klar, woher dieses innere Wissen stammt. Ist es das Ego, das zu uns spricht? Unser Verstand? Oder eine andere Instanz, deren Existenz wir uns (noch) nicht bewusst sind? In den meisten Fällen empfinden wir diesen inneren Dialog als hilfreich, vor allem, wenn es darum geht, rasch zu einem Urteil zu gelangen.

Manchmal aber wird diese innere Stimme zur regelrechten Belastung und sorgt dafür, dass wir uns schlecht fühlen. Der eigene innere Kritiker ist unbestechlich und fällt gnadenlos über uns her. So gut wie niemand sonst kennt er jede unserer Schwächen und urteilt darüber ohne Wenn und Aber. Gedanken tragen nicht nur einen wesentlichen Teil zu unserem Wohlbefinden bei, sie beeinflussen auch unsere körpereigene Schwingung in ganz entscheidendem Ausmaß. So verfügt jedes unausgesprochene Wort, welches in unserem Innersten entsteht, über eine spezifische, energetische Signatur, welche wiederum eine ganze Reihe von den unterschiedlichsten Energien freisetzt, deren Tragweite sich kaum jemandem bewusst ist. Allen voran beeinflussen sie unsere körpereigene Schwingung und in weiterer Folge die Fähigkeit außerkörperliche Erfahrungen zu erleben. Wer positive Gedanken fasst, wird demnach auch höher schwingen und es wesentlich einfacher haben, sollte er vorhaben, sein physisches Ich zu verlassen. Noch dazu wird diese Person im Zustand der Außerkörperlichkeit weitaus schönere Erlebnisse zu verzeichnen haben, denn wir landen bevorzugt in Gebieten, die unserer körpereigenen Schwingung entsprechen. Für einen Pessimisten wird es deshalb sehr schwer sein, in höhere jenseitige Sphären zu gelangen. Stattdessen wird er sich mit großer Wahrscheinlichkeit in niedrig schwingenden Gebieten wiederfinden. Gleiches zieht Gleiches an, und so nehmen auch unsere geheimsten Gedanken unweigerlich Einfluss auf unsere Erlebnisse. Allein deshalb erscheint es von Vorteil, die eigene Innenwelt etwas genauer unter die Lupe zu nehmen.

Eine Möglichkeit, um das eigene Denkmuster nachhaltig zu beeinflussen, ist das Führen eines Dankbarkeitstagebuches. Dazu benötigt man nicht viel, abgesehen von einem Notizbuch, einem Stift und ein wenig freie Zeit. Ich praktiziere diese Methode schon seit mehreren Jahren und bin nach wie vor überrascht, wie einfach sie sich in den Alltag integrieren lässt und welchen Einfluss sie auf das eigene Wohlbefinden nimmt. Dabei ist wie folgt vorzugehen:

Ehe du abends zu Bett gehst, nimm dir dein Dankbarkeitstagebuch zur Hand und notiere dir darin fünf Dinge, für die du heute ganz besonders dankbar bist. Das können Kleinigkeiten, wie zum Beispiel die heiße Tasse Kaffee zum Frühstück sein, oder aber andere Ereignisse, die nicht unbedingt alltäglich sind. Wichtig dabei ist, dass du während des Aufschreibens ein Gefühl von Dankbarkeit in dir entstehen lässt und dir die Situation, die du erlebt hast, so gut wie möglich in Erinnerung rufst. Beziehe dabei möglichst alle Sinne mit ein, denn so kann die Emotion, die du dabei empfindest, noch tiefer in dein Unterbewusstsein dringen. Praktizierst du diese

Übung jeden Tag, so wirst du bald feststellen, dass sich nicht nur die Art und Weise, wie du über bestimmte Dinge, Menschen oder Situationen urteilst, ändert, sondern auch dein Wohlbefinden zunehmend steigt.

Faktor 2: Bewusstseinsverändernde Substanzen

Es ist allgemein bekannt, dass Substanzen wie Nikotin, Koffein und Derartiges einen nachweisbaren Nutzen nach sich ziehen. Aus diesem Grund werden sie, in unterschiedlicher Form von Menschen verschiedenen Alters, Herkunft, Bildung oder Geschlechtszugehörigkeit, konsumiert. Ihre Inhaltsstoffe stimulieren, je nach Art der Substanz, das menschliche Gehirn auf differenzierte Art und Weise. Entweder verhelfen sie uns zu mehr Energie oder aber sie entfalten eine beruhigende Wirkung in uns. Viele dieser Substanzen sind aus dem täglichen Leben nicht mehr wegzudenken und der Großteil davon ist gesellschaftlich akzeptiert. So ist es keine Seltenheit in Stresssituationen zum Glimmstängel zu greifen, den Abend bei einem Gläschen Wein ausklingen zu lassen oder mit einer heißen Tasse Kaffee in den Tag zu starten. Solange dieses Verhalten nicht zum Problem wird, wird keine große Sache daraus gemacht und trotzdem heißt es genauer hinzusehen, sobald es darum geht außerkörperliche Erfahrungen erleben zu wollen.

Beginnt man mit Üben liegt der Fokus unter anderem auf den einzelnen Schlafphasen, die sehr wichtig sind, um nicht den richtigen Zeitpunkt zum Einleiten einer außerkörperlichen Erfahrung zu verpassen. Doch was genau geschieht, sobald man Substanzen wie Nikotin, Koffein, Alkohol etc. zu sich nimmt? Inwiefern nehmen diese Stoffe Einfluss auf unser Bewusstsein bzw. unsere körpereigene Schwingung? Da sie unser Aktivitätsniveau nachweisbar beeinflussen, ist davon auszugehen, dass sie weitaus vielschichtiger wirken als bislang angenommen. Nicht nur, dass sie unser Schlafverhalten und somit unseren Tag-Nachtrythmus verändern, sie bringen uns auch aus unserem natürlichen Gleichgewicht. Aus diesem Grund empfiehlt es sich auf die Einnahme derartiger Substanzen weitgehend zu verzichten, um sicherzustellen, dass die eigene Schwingung möglichst hoch bleibt. Trotzdem ist und bleibt es eine persönliche Entscheidung. Ich bin kein Freund von Verboten und mir liegt es fern darüber zu urteilen, was richtig bzw. falsch ist. Vielmehr bin ich der Meinung, dass man im Einzelfall darüber entscheiden sollte, was für die betreffende Person Sinn macht. Nicht immer ist es ratsam Substanzen radikal zu entziehen, immerhin verbindet man damit viele positive Effekte und genießt in den meisten Fällen diese kleinen alltäglichen Rituale. Letzten Endes ist es wohl auch eine Frage der Kosten-Nutzen-Relation, denn auf den geliebten Kaffee oder die Zigarette am Morgen zu verzichten kann, in weiterer Folge, jede Menge Stress hervorrufen. Dann gilt es abzuwägen, welches davon das geringere Übel ist. Der Stress des Entzuges oder aber die Folgen des Konsums, denn wie wir bereit wissen, lässt kaum etwas schneller die eigene Schwingung sinken als Stress und schlechte Laune.

Faktor 3: Mediennutzungsverhalten

Heutzutage sind Medien in vielerlei Hinsicht, kaum mehr aus unserem Leben wegzudenken. Nahezu jeder von uns besitzt bereits ein, wenn nicht sogar mehrere, Handys und vernetzt sich mittels diverser technologischer Hilfsmittel mit seinem Umfeld. Computer sind längst zu einem fixen Bestandteil unseres Arbeitsalltages und die allabendliche Unterhaltung vor dem Fernsehgerät zum gewohnten Ritual geworden, doch genauso wie alle anderen

Faktoren, wirken auch diese unweigerlich auf unser Bewusstsein ein. Je mehr Zeit wir für derartige Medien aufwenden, umso besser sollten wir unseren Energiehaushalt im Auge behalten. Insbesondere bei Kindern empfiehlt es sich ganz besonders darauf achtzugeben, wie viel Aufmerksamkeit sie diesen Dingen schenken, schließlich ist ein adäquater bzw. achtsamer Umgang mit Medien sehr wichtig für die eigene Entwicklung und Gesundheit.

Wer den Großteil seiner Zeit vor dem Bildschirm verbringt, der sollte sich auch der damit verbundenen Konsequenzen bewusst sein. Letzten Endes gilt es ein gesundes Mittelmaß zu finden und das eigene Mediennutzungsverhalten in regelmäßigen Abständen einer genaueren Betrachtung zu unterziehen. Möchtest du außerkörperliche Erfahrungen erleben, so kann es sich durchaus als Vorteil erweisen, den eigenen Medienkonsum zu reduzieren, um sicherzustellen, dass deine Schwingung möglichst hoch bleibt.

Das bedeutet jedoch nicht, dass jemand, der den ganzen Tag über im Büro verbringt, keine Chance mehr darauf hat, nachts etwas zu erleben. Vielmehr möchte ich damit verdeutlichen, dass dieser Schritt durchaus eine weitere wertvolle Stütze im eigenen Übungsprozess darstellen kann. Betrachten wir die Sache doch einmal aus einer anderen Perspektive und stellen uns die Frage, wie sehr wir wirklich auf den Einsatz derartiger Medien angewiesen sind, dann wird schnell klar, dass wir weitaus öfter als unbedingt notwendig davon Gebrauch machen. Wir sind es ganz einfach gewohnt und vertreiben uns gerne die Zeit damit. Aus zehn Minuten am Handy werden so locker mehrere Stunden pro Tag, die wir auch auf andere Art und Weise hätten nutzen können. Sehr oft steckt hinter diesem Verhalten ein Gefühl der Langeweile. Was sich dagegen tun lässt? Am besten beginnst du damit, dein Mediennutzungsverhalten einer sorgfältigen Betrachtung zu unterziehen. Werde dir der Situationen bewusst, in denen du darauf zurückgreifst! Ist es wirklich notwendig oder agierst du aus reiner Gewohnheit oder Langeweile? Werde dir der Motivation, die sich dahinter verbirgt, bewusst und sei offen für Veränderungen!

Insbesondere wenn es um außerkörperliche Erfahrungen geht, ist es ratsam, die Zeit vor dem Einschlafen besser nicht mit Fernsehen zu verbringen, sondern anderweitig zu nutzen. Immerhin eignet sich diese Zeitspanne ganz hervorragend dazu, sich auf die Ereignisse der kommenden Nacht einzustimmen. Nimm dir stattdessen lieber ein Buch zur Hand (im Idealfall handelt es von außerkörperlichen Erfahrungen) oder aber nutze die Zeit, um zu meditieren. Versuche dich dabei so gut wie möglich zu entspannen, denn einer der größten Schlafkiller überhaupt ist allabendlicher TV-Konsum. Deine körpereigene Schwingung wird es dir danken!

Faktor 4: Einsatz von Edelsteinen

Vor nicht allzu langer Zeit stieß ich auf eine weitere tolle Möglichkeit, die eigene Schwingung nachhaltig zu beeinflussen. Ich befand mich mitten während einer Meditation, als ich plötzlich einen flüchtigen, aber dennoch unmissverständlichen Impuls erhielt. Ein riesiger Edelstein tauchte vor meinem inneren Auge auf und ich wusste sofort, was ich zu tun hatte. Gleich am nächsten Tag bin ich in den nächstbesten Laden und habe mich mit diversen Steinen eingedeckt, deren Namen mir abends zuvor von der geistigen Welt übermittelt worden waren. Bislang war dieses Thema absolutes Neuland für mich, doch das sollte sich ab sofort ändern.

Edelsteine sind ein ausgezeichnetes Hilfsmittel, wenn es darum geht, den eigenen Transformationsprozess zu beschleunigen und lassen sich mit relativ einfachen Mitteln und ohne viel Aufwand zum Einsatz bringen. Noch dazu gibt es eine breite Palette an Steinen, von welchen jeder auf spezifische Art und Weise Einfluss auf unser Energiefeld nimmt. Darüber hinaus lassen sie sich hervorragend miteinander kombinieren, was dazu führt, dass sie einander in ihrer Wirkung verstärken. Um daraus den größtmöglichen Nutzen zu ziehen, ist es jedoch zwingend erforderlich, sich mit der korrekten Handhabung auseinanderzusetzen. Bevor man sich den passenden Stein zulegt, sollte man sich darüber im Klaren sein, für welchen Bereich seines Lebens man Unterstützung benötigt. Im Endeffekt gibt es für jedes x-beliebige Thema den passenden Edelstein und dementsprechend groß ist deren Vielfalt. Genauso wie alles andere besitzen Edelsteine eine eigene spezifische Signatur, welche auf ihr Umfeld einwirkt. Lass dich dabei in jedem Fall von einem Fachmann beraten, solltest du nicht selbst die Möglichkeit besitzen, die geistige Welt zu befragen. Bevor du deinen Stein zum ersten Mal anwendest, empfiehlt es sich ihn einer ordentlichen Reinigung zu unterziehen, um so mögliche anhaftende Fremdenergien zu beseitigen. Das geht ganz einfach, indem du ihn unter fließendes Wasser hältst und in Gedanken folgende Worte sprichst: „Ich befreie dich von sämtlichen anhaftenden Energien und codiere dich mit positiver Energie." Meiner Erfahrung nach ist dieser Schritt wesentlich, um die volle Wirkung eines Steines zu entfalten und sollte keinesfalls ausgelassen werden. Im Anschluss kannst du ihn, sofern du das möchtest, gerne noch ein wenig räuchern. Im nächsten Schritt solltest du dir darüber Gedanken machen, an welchem Ort du deinen Stein aufbewahren möchtest. Möglicherweise trägst du ihn lieber in Form eines Armbandes oder einer Kette als Schmuck bei dir, oder aber du positionierst ihn an anderer Stelle. Im Idealfall nutzt du beiderlei Varianten und legst dir einfach mehrere Ausführungen davon zu. In Bezug auf das Erlernen sowie Erleben von außerkörperlichen Erfahrungen haben sich folgende Edelsteine als besonders hilfreich herausgestellt:

Selenit

Achat

Lapislazuli

Carneol

Amethyst

Im Idealfall positionierst du diese Steine an jenem Ort, an dem du auch deine Übungen machst. Besitzt du zum Beispiel ein eigenes Meditationszimmer, so ist es ratsam sie ebenfalls dort aufzubewahren. Übst du stattdessen lieber in deinem Schlafzimmer, so ist es von Vorteil, die Edelsteine in unmittelbarer Nähe deines Bettes zu positionieren. Wie bei allen anderen Faktoren gilt auch hier, dass jeder für sich einen entscheidenden Beitrag für deinen Übungsprozess leisten kann. Allein angewandt könnte rasch der Eindruck entstehen, als würden sie keinerlei Nutzen nach sich ziehen. Das Faktorenmodell ist ein komplexes bzw. vielschichtiges Konstrukt und ist auch als solches zu behandeln. Kombiniert man mehrere Faktoren, so wird auch die Chance eine außerkörperliche Erfahrung zu erleben deutlich steigen.

Faktor 5: Trinkgewohnheiten

In Zuge meiner medialen Ausbildungen habe ich nicht nur gelernt, mich mit der geistigen Welt zu verbinden, ich habe ebenfalls erfahren, wie wichtig es ist, sich mit der eigenen Lebensweise auseinanderzusetzen. Spiritualität ist nichts, das sich auf eine einzelne Sache beschränkt. Spiritualität sollte bzw. möchte gelebt werden. Geht es um deine persönliche Entwicklung, so wird es sich nicht vermeiden lassen, deine täglichen Gewohnheiten laufend zu hinterfragen, denn das eigene Bewusstsein zu erweitern ist ein

Prozess, der niemals endet. Aus diesem Grund kann es passieren, dass dein Körper plötzlich in veränderter Art und Weise reagiert. Möglicherweise entwickelst du eine Unverträglichkeit, oder aber eine spontane Abneigung in Bezug auf gewisse Speisen. Je höher deine Seele schwingt und sich ihrem natürlichen Seins-Zustand nähert, desto mehr Veränderungen werden sich, auch auf physischer Ebene, zeigen.

Doch zunächst einmal sollten wir uns mit der Frage auseinandersetzen, welche Beziehung wir zu unserem Körper pflegen, wie wir dazu stehen bzw. was wir darüber denken. Bedauerlicherweise legen sehr viele Menschen viel zu wenig Wert auf ihr Wohlbefinden. Dadurch verlieren sie nicht nur die natürliche Anbindung zu ihrem Körper, sie spüren auch nicht mehr, was dieser braucht, um gut zu funktionieren. Sie essen und trinken, wonach ihnen der Sinn steht, und lassen dabei vollkommen die Tatsache außer Acht, dass ihnen, in Wahrheit, ein großartiges Geschenk zuteilgeworden ist. Einen Körper zu besitzen, frei von Krankheit und Schmerz, ist keinesfalls selbstverständlich und wir sollten ihm die Wertschätzung entgegenbringen, die er verdient. Das eigene Trinkverhalten nimmt dabei nicht nur einen beachtlichen Einfluss auf unseren Körper, sondern auch auf unser Wohlbefinden und infolgedessen unsere körpereigene Schwingung. Was bzw. wie viel wir tagsüber trinken spielt dabei eine ebenso zentrale Rolle, wie die Art und Weise, wie wir das tun.

Die meisten Menschen nehmen im Laufe des Tages viel zu wenig Flüssigkeit zu sich. Sie konsumieren einen Kaffee nach dem anderen und denken, es sei damit getan. Am Ende des Tages verdeutlicht die traurige Bilanz von nicht einmal zwei Litern, dass sie viel zu wenig auf die Bedürfnisse ihres Körpers geachtet haben, dabei sollte man mindestens 2,5 Liter Flüssigkeit zu sich nehmen. Trinkt man allerdings zu wenig, so zieht das unweigerlich Konsequenzen nach sich.

Möchtest du deiner Schwingung etwas Gutes tun, dann beschränkt sich deine tägliche Flüssigkeitsaufnahme im Idealfall auf das Trinken von (stillem) Wasser sowie Tee. Doch Wasser ist nicht gleich Wasser und so ist es ratsam auch hier etwas genauer hinzusehen. Die Wenigsten wissen, dass Leitungswasser jede Menge Schadstoffe enthält. Um diese weitgehend zu beseitigen, empfiehlt es sich, es einem Filterungsprozess durchlaufen zu lassen, um so den Schadstoffgehalt auf ein Minimum zu reduzieren. Am Ende erhältst du Wasser, welches nicht nur reiner und gesünder ist, sondern auch deutlich besser von unserem menschlichen Organismus aufgenommen werden kann.

Möchtest du auf die Anschaffung einer teuren und wartungsintensiven Filteranlage verzichten, so kannst du alternativ auf die Wirkung von Edelsteinen zurückgreifen, um so die Qualität deines Trinkwassers zu optimieren. Es genügt, wenn du eine Handvoll davon in einen Glaskrug gibst und diesen anschließend mit Wasser befüllst. Zusätzlich kannst du jedes x-beliebige Wasser mittels der Kraft deiner Gedanken codieren, indem du folgenden Satz laut oder leise sprichst: „Ich befreie dich von anhaftenden Fremdenergien und codiere dich mit Liebe, Dankbarkeit und positiver Energie." Bitte vermeide es, den Krug in direktes Sonnenlicht zu stellen, um die Wirkung der jeweiligen Steine nicht zu mindern. Von diesem Wasser kannst du dann nach Belieben nehmen und wenn du möchtest, kannst du es sogar zum Kochen verwenden. Die Edelsteine werden innerhalb weniger Augenblicke ihre Wirkungsweise entfalten, weshalb sie, in Bezug auf die Handhabung, von allen Varianten die einfachste ist.

So wichtig es auch ist auf eine ausreichende Trinkmenge zu achten, so sehr ist vom Konsum von Softdrinks und diversen koffeinhaltigen Getränken abzuraten. Nicht nur, dass sie voller künstlicher Inhaltsstoffe stecken, in den meisten Fällen enthalten sie auch noch jede Menge Zucker. Beides trägt maßgeblich dazu bei, dass unsere Schwingung rapide in den Keller sinkt. Lass also lieber die Finger davon und greif stattdessen auf ein Glas Wasser oder eine Tasse Tee zurück.

Wenn du möchtest, kannst du dein Trinkwasser zusätzlich mit diversen aufgeschnittenen Früchten, Zitronensaft oder Kräutern aus dem hauseigenen Garten anreichern, denn nur Wasser zu sich zu nehmen, kann auf Dauer ganz schön langweilig sein.

Faktor 6: Bewusstes (Er)leben

Sei doch mal ehrlich! Wie viel von dem, was du tagsüber erlebst, nimmst du bewusst, mit all deinen Sinnen, wahr und wie viel davon passiert automatisch und nebenher? Wir Menschen sind Gewohnheitstiere. Altbekannte Rituale geben uns Halt und vermitteln uns ein sicheres Gefühl. Wir mögen es, zu wissen, was auf uns zukommt und geraten rasch unter Stress, kündigen sich in unserem Leben plötzliche, unvorhergesehene Veränderungen an. Das alles führt dazu, dass wir uns schon bald in einer ganzen Serie von automatisierten Handlungen wiederfinden, die uns gekonnt durch unseren Alltag manövrieren. Was ich damit meine? Wir verlassen uns blindlings darauf, dass die Tasse Tee morgens genauso schmeckt wie noch tags zuvor. Nach Dienstschluss eilen wir schnell nach Hause, ohne großartig darüber nachzudenken, wer uns in der Straßenbahn gegenübersitzt. Zu Hause angekommen springen wir auch schon unter die Dusche, um uns den Stress und die Hektik des Tages abzuwaschen. All diese Dinge tun wir unbewusst und würde uns jemand fragen, was wir währenddessen wahrgenommen haben, hätten wir mit hoher Wahrscheinlichkeit keine Antwort darauf. Was würde passieren, wenn wir diesen Tätigkeiten mehr Beachtung schenken würden? Wenn wir diesen Dingen mit einem höheren Ausmaß an Bewusstheit begegnen würden und das Muster, der uns angeeigneten Automatismen, durchbrechen, um endlich wieder damit zu beginnen, unsere Umwelt bewusst, mit allen Sinnen, wahrzunehmen?

Auch hier ist die Antwort ganz einfach. Wir würden uns eine Sichtweise aneignen, die der von Kindern sehr ähnlich ist. Wir würden anfangen wieder regelmäßig zu staunen und dabei erkennen, wie reich an Wundern diese Welt, in der wir leben, ist. Ein bewusstes (Er)leben ermöglicht es uns, unserer Umwelt achtsamer zu begegnen und den Blick auf das Positive, das uns tagtäglich widerfährt, zu lenken, was wiederum zu einem deutlichen Anstieg unserer Schwingung führt.

Faktor 7: Ätherische Öle

Auch der Einsatz von ätherischen Ölen kann die körpereigene Schwingung nachhaltig beeinflussen. Dabei empfiehlt es sich beim Kauf unbedingt auf die Qualität des jeweiligen Produktes zu achten. Greifst du stattdessen auf ein Öl von geringer Qualität zurück, so wird das weitaus weniger Nutzen nach sich ziehen. Anschließend empfiehlt es sich, das Öl, mittels eines passenden Diffusors, in der umliegenden Raumluft zu verteilen. Gerne kannst du Duftstoffe, wie Weihrauch oder Myrrhe, zum Einsatz bringen und zusätzlich, in verdünnter Form, auf dein Handgelenk träufeln. Achte dabei stets auf dein Bauchgefühl. Fühlt sich etwas für dich gut an, so wird es das mit hoher Wahrscheinlichkeit auch sein.

Faktor 8: Meditation

Solltest du noch nicht meditieren, dann ist jetzt ideale Zeitpunkt, um endlich damit anzufangen. Abgesehen davon, dass sich dein Wohlbefinden, sowie deine Fähigkeit dich zu entspannen, deutlich verbessern werden, werden sich auch in deinem Energiefeld Veränderungen einstellen. Die Meditation ist eine Methode, bei der du deine Aufmerksamkeit von außen in dein Innerstes lenkst, um Antworten auf Fragen zu erhalten, die dir schon lange auf der Seele lasten. Die Liste an Vorteilen ist endlos lang, weshalb ich dich dazu ermutigen möchte, dich möglichst unvoreingenommen darauf einzulassen. Meditierst du, und wenn auch nur zehn Minuten pro Tag, dann wirst du dich dadurch nicht nur besser fühlen, auch deine Schwingung wird kontinuierlich steigen. Gerne kannst du dabei folgende Affirmation nutzen:

„Ich erhöhe jetzt meine Schwingung!"

Sag sie dir (leise oder laut) vor und spüre, wie sich noch in diesem Augenblick deine Schwingung erhöht. Um den größtmöglichen Nutzen aus diesem Faktor zu ziehen, empfehle ich dir, täglich, zur selben Zeit, zu meditieren. Das dauert nicht lange und lässt sich gut in den Alltag integrieren. Möglicherweise meditierst du gerne morgens, oder lieber abends vor dem Einschlafen. Dabei ist es nicht unbedingt wichtig, wie lange du das tust, weitaus wichtiger ist, dass du endlich damit beginnst.

Faktor 9: Das Erkennen von Mustern

Die eigene Schwingung zu erhöhen, bedeutet, sich von negativen Energien zu befreien. Woher aber weiß man, wann man es mit einer negativen Energie zu tun hat? Ganz einfach! Alles, was dich gut fühlen lässt, ist positiv. Alles, was dich schlecht fühlen lässt, negativ. Bestimmt kennst du diese Tage, an denen einfach alles wie am Schnürchen läuft. Du stehst morgens auf, bist gut gelaunt und strotzt nur so vor Energie. In diesem Moment ist deine Schwingung hoch. Ebenso verhält es sich umgekehrt. Es gibt Tage, an denen du dich am liebsten unter der Bettdecke verkriechen möchtest. Nahezu alles läuft schief und deine Laune könnte kaum schlechter sein. Die entscheidende Frage dabei ist, was diese Schwankungen verursacht. Was trägt dazu bei, dass du dich gut bzw. schlecht fühlst? Ist es vielleicht eine bestimmte Person, mit der du einfach nicht auf derselben Wellenlänge bist, oder eine konkrete Situation, die dich herunterzieht? Mit Sicherheit gibt es in deinem Umfeld aber auch Menschen, in deren Gegenwart du dich pudelwohl fühlst und die dir Energie geben, anstatt sie zu nehmen. Um diese förderlichen bzw. hinderlichen Faktoren ausfindig zu machen, ist es notwendig, dich ein wenig in Selbstreflexion zu üben. Sobald du bemerkst, dass sich deine Stimmung verändert, nimm dir einen Augenblick lang Zeit, um über den jeweiligen Auslöser nachzudenken. Wenn du zum Beispiel weißt, dass es dir guttut, vor dem Aufstehen zu meditieren, dann behalte diese Verhaltensweise auf jeden Fall bei. Vielleicht hörst du aber auch gerne Musik, weil du die Erfahrung gemacht hast, dass sich deine Stimmung dadurch verbessert. Durchleuchte Schritt für Schritt deinen Alltag und mach dich auf die Suche nach jenen Personen, Handlungen und Situationen, die dich glücklich machen. Genauso ehrlich solltest du sein, wenn es darum geht zu erkennen, dass in deinem Leben bestimmte Umstände vorherrschen, die negativ auf dich einwirken. Hast du beispielsweise immer wieder ein ungutes Gefühl, sobald du in der Nähe einer bestimmten Person bist, dann versuch, wenn möglich, den Kontakt zu ihr zu reduzieren. Das muss nicht unbedingt bedeuten, dass sie das bewusst aus einer negativen Absicht heraus macht. Vielmehr versucht dieser Mensch, seinen eigenen Mangel auszugleichen. Darum ist es wichtig, immer einen Blick darauf zu haben, wie wir uns in der Gegenwart anderer fühlen und gegebenenfalls auf Distanz zu gehen, sobald wir merken, dass sich etwas daran nicht stimmig anfühlt. Stattdessen empfiehlt es sich gezielt nach Menschen Ausschau zu halten, die dich hoch schwingen lassen und sogenannte „Energieräuber" außen vor zu lassen. Sollte das aus bestimmten Gründen nicht möglich sein, so kannst du dein geistiges Team darum bitten, alle energieabziehenden Verbindungen, die dieser Mensch zu dir hat, zu entfernen und die dabei in deinem Energiefeld entstandenen Löcher zu heilen und mit bedingungsloser Liebe zu füllen. Lässt es sich allerdings nicht vermeiden, einem sogenannten „Energieräuber" zu begegnen, weil er beispielsweise dein Arbeitskollege ist, dann nimm dir immer wieder einen Moment Zeit und bitte deine geistigen Helfer, dein Energiefeld von den Strukturen des jeweils anderen zu reinigen und eine Art Schutz um dich herum aufzubauen. Gerne darfst du dieser Person auch liebevolle Gedanken schicken.

10. Ernährungsweise

Die richtige Ernährung spielt nicht nur eine wesentliche Rolle, wenn es um die eigene Gesundheit geht, sondern auch beim Erlernen von außerkörperlichen Erfahrungen. Was wir im Laufe des Tages konsumieren, nimmt, in beiderlei Richtungen, Einfluss auf unser Wohlbefinden und infolgedessen unsere Schwingung. Nehmen wir nicht ausreichend Nährstoffe zu uns, so wird das, auf sämtlichen Ebenen unseres Seins, Konsequenzen nach sich ziehen. Legen wir stattdessen bei der Auswahl unserer Speisen besonderen Wert auf Qualität, so lässt sich damit durchaus so einiges bewirken. Dabei besteht ein nicht unwesentlicher Zusammenhang zwischen der Art, wie wir uns ernähren und der Fähigkeit den eigenen physischen Körper zu verlassen. Ernährungsformen, die sich dabei als besonders förderlich herausgestellt haben, sind unter anderem eine vegane, zuckerfreie sowie basische Ernährung.

Seitdem ich denken kann, ernähre ich mich ausschließlich von vegetarischer Kost. Es fällt mir nicht schwer auf Lebensmittel tierischen Ursprungs zu verzichten, da sich meine gesamte Ursprungsfamilie auf diese Art und Weise ernährt. Eltern kommt dabei eine entscheidende Rolle zu, denn sie beeinflussen ihre Kinder in vielerlei Hinsicht und sollten sich der Vorbildwirkung, die sie dabei innehaben, bewusst sein. Ihr Essverhalten ist maßgeblich daran beteiligt, welche (un)bewussten Gewohnheiten sich ihre Kinder aneignen und in den meisten Fällen bis ins Erwachsenenalter beibehalten. Doch weshalb auf Fleisch verzichten? Grundsätzlich lassen sich außerkörperliche Erfahrungen zweifellos auch erleben, ohne auf das gewohnte Stück Fleisch verzichten zu müssen. Nicht wenige Menschen, die rauchen, trinken und sich ungesund ernähren, sind ganz hervorragend darin, ihren physischen Körper zu verlassen. Der wesentliche Unterschied jedoch besteht darin, dass sie es bereits können. Steht man allerdings erst am Anfang, so kann es durchaus von Vorteil sein, lieber eine Weile lang die Finger davon zu lassen, denn der Konsum von Fleisch hinterlässt deutliche Spuren in deinem Energiefeld und verändert in jedem Fall deine Schwingung.

Ein weiterer nicht ganz unwesentlicher Faktor, welchen ich im Laufe der Zeit ausfindig machen konnte, ist Zucker, denn dieser süße Stoff wirkt in ganz erheblichem Maße auf unser Energiesystem ein. Unter anderem sorgt er dafür, dass wir, nach einem kurzen Energiekick, schon bald wieder ermüden und bringt dadurch unser gesamtes körperliches sowie geistiges Gleichgewicht ins Ungleichgewicht. Ferner gibt es einen deutlichen Zusammenhang zwischen der Menge an Zucker, die wir täglich zu uns nehmen und der Häufigkeit an außerkörperlichen Erfahrungen, die wir erleben. Wer demnach seinen Zuckerkonsum reduziert, liegt auch hier klar im Vorteil. Möchte man dennoch nicht zur Gänze darauf verzichten, kann alternativ auf Stevia zurückgegriffen werden.

Wer noch einen Schritt weiter gehen und der eigenen Schwingung etwas Gutes tun möchte, dem ist gutgetan sich mit einer veganen Ernährung auseinandersetzen, denn sich ausschließlich pflanzlich zu ernähren, bringt, aus spiritueller Perspektive betrachtet, weitere Vorteile mit sich. Was im ersten Moment schwer klingen mag, ist, mit dem richtigen Know-how, schon bald kein Problem mehr. Glücklicherweise leben wir in einer Zeit, in der sich zunehmend mehr Menschen für diese Form der Ernährung entscheiden, wodurch das Angebot am Lebensmittelmarkt deutlich gestiegen ist und es kein allzu großes Problem mehr darstellt auf tierische Produkte zu verzichten.

Wer es nicht dabei belassen möchte, der kann, in weiterer Folge, eine basische Ernährung in Betracht ziehen. Hierbei stehen basenbildende Lebensmittel im Vordergrund. Basenreiche Nahrungsmittel wie Obst, Gemüse, Kräuter, Nüsse, Sprossen und Samen sollten dabei den größten Teil der Ernährung ausmachen. Mit ihrer hohen Dichte an Ballaststoffen, Nährstoffen und Mineralien sorgen sie für einen reibungslosen, funktionierenden Organismus, denn für einen optimalen Stoffwechsel benötigt unser Körper nun einmal ausreichend Vital- bzw. Mineralstoffe. Dass bei unserer modernen Ernährungsweise saure Stoffwechselabfälle anfallen, lässt sich oftmals nicht vermeiden. Fertigprodukte und

Fast Food, aber auch vielerlei Backwaren und andere verpackte Produkte, sind voller künstlicher Zusatzstoffe. Dadurch enthalten unsere Nahrungsmittel immer weniger frische Zutaten und viel zu viele künstliche Zusätze. Der hohe Gehalt an Eiweiß und Fett in unserer Ernährung sorgt langfristig für eine enorme Säurelast in unserem Körper. Insbesondere der Konsum von tierischen Produkten, welche allesamt zur Kategorie „Säurebildner" zählen, spielt hierbei eine entscheidende Rolle. Um gesund zu sein, ist ein Gleichgewicht von Säuren und Basen in unserem Organismus notwendig. Genauso wie bei allen Ernährungsformen, gilt auch hier, die eigene Nährstoffbilanz im Auge zu behalten und Fehlendes gegebenenfalls in Form von Tropfen oder Tabletten zu supplementieren. Eine basische Ernährung wirkt sich nicht nur positiv auf die körpereigene Schwingung aus, sondern stimuliert zusätzlich die Zirbeldrüse, dem Sitz des dritten Auges, eines unserer fünf Hellsinne. Egal, wofür du dich letzten Endes entscheidest, wichtig dabei ist stets, dass du dich nicht allzu sehr unter Druck setzt. Allein über diese Zusammenhänge Bescheid zu wissen und sie während des Übungsprozesses im Auge zu behalten, kann ein wesentlicher sowie wertvoller Schritt in die richtige Richtung sein.

Solltest du nun, da wir am Ende dieses Buch angelangt sind, mit dem Gedanken spielen dich eines Tages ebenfalls von mir begleiten zu lassen, dann möchte ich dir Folgendes mitgeben. Wenn du das wirklich möchtest, wenn du aus ganzem Herzen dazu bereit bist und alles Notwendige dafür tust, wirst du dein Ziel eines Tages auch erreichen, denn du kannst alles schaffen, was du willst. Lass dir von niemandem etwas anderes erzählen, denn keiner, abgesehen von dir selbst, muss dein aktuelles Leben mit all seinen Herausforderungen bestreiten. Niemand sonst passt in deine Schuhe. Ich möchte dich ebenfalls dazu ermutigen offenzubleiben, unvoreingenommen sowie neugierig. Höre niemals auf vermeintliche Grenzen anderer und die deinen zu hinterfragen und dein eigenes Ding durchzuziehen, ganz gleich, was dein Umfeld davon halten mag! Bleib stark und fordere dich selbst immer wieder aufs Neue heraus! Gestatte es dir Fehler zu machen, um daraus zu lernen, denn nur so wirst du dich weiterentwickeln! Gehe deinen Weg unbeirrt weiter und wisse, dass du niemals alleine bist! Wir alle sind Teil eines großen Ganzen und eines Tages, wenn wir zurückkehren, werden wir einander freudig in die Arme schließen und nie wieder voneinander loslassen.

Danksagung

An erster Stelle möchte ich das Wort an meine treuen Leser und Leserinnen richten, die meine Geschichte und meinen Werdegang von Anfang an mitverfolgen. Allein euch habe ich es zu verdanken, dass ich meine Berufung leben und mit meinem Tun in die Sichtbarkeit gehen darf. Ihr seid es, die mich durch sämtliche Höhen und Tiefen begleitet, mich tragt und stützt, insbesondere dann, wenn ich Zuspruch am dringendsten brauche. Indem ihr mir das Gefühl gebt, mit meinem Schicksal nicht alleine zu sein, lasst ihr mir mehr Unterstützung zuteilwerden, als euch möglicherweise bewusst ist. Das, was viele Menschen (noch) nicht verstehen können, ist, was uns eint. Uns verlangt nach mehr. Wir sehnen uns danach, einen Blick über den Tellerrand zu werfen und Erfahrungen zu sammeln, die kostbarer sind als alles andere auf dieser Welt. Ich möchte nicht nur einen Teil dazu beitragen, ich möchte dich dazu ermutigen niemals damit aufzuhören, Fragen zu stellen, auf dieser großen Reise, die wir Leben nennen.

An zweiter Stelle bedanke ich mich, wie sollte es auch anders sein, bei meinem geistigen Team und meiner Tochter, welche diese wunderbaren Welten ihr Zuhause nennen darf. Worte vermögen nicht auszudrücken, was ich für dich empfinde, dennoch möchte ich es versuchen. Du bist mein Fels in der Brandung, wenn alles um mich herum ins Wanken gerät. Mein letzter Funke Hoffnung in einer Welt, in welcher unser aller Licht so dringend benötigt wird. Ohne dich wäre ich nie zu der Seele geworden, die ich heute bin und so danke ich dir jeden Morgen aufs Neue für deine allgegenwärtige Präsenz, Liebe sowie Unterstützung.

Selbstverständlich gilt mein Dank auch meiner (irdischen) Familie. In den vergangenen Jahren haben wir so einiges zusammen erlebt und sind durch eine Vielzahl an Höhen und Tiefen gegangen. Manches davon ließ uns beinahe zerbrechen. Anderes wiederum hat uns stark werden lassen, auch wenn wir etliche Narben davongetragen haben. Ich für meinen Teil trage sie mit Stolz und schätze mich glücklich euch an meiner Seite zu haben. Mit Sicherheit ist es für euch nicht immer einfach nachzuvollziehen, was ich erlebe und doch wird es euch nie langweilig meinen Geschichten zu lauschen.

Des Weiteren möchte ich jenen Menschen meinen besonderen Dank auszusprechen, deren Geschichten Teil dieses Buches geworden sind. Nadine, Carola, Asisa, Michael, Celina, Ina, Ulla und Robert. Ich bewundere eure Stärke, eure Hingabe und euer Vertrauen, das ihr in mich gesetzt habt. Ganz gewiss sind eure Liebsten im Himmel sehr stolz und in diesem Augenblick auch bei euch. Niemand kann mit Sicherheit sagen, was der nächste Morgen mit sich bringen wird bzw. wann sich unsere Wege abermals kreuzen werden. Eure Erlebnisse werden vielen anderen Trauernden Hoffnung geben, sodass auch ihr Leben wieder etwas bunter werden wird.

Ich danke meinem Freund Roland, der sich dazu bereiterklärt hat, dieses Buch, als einer der Ersten zu lesen. Danke, dass du Teil meines Lebens bist.

Auch meinem Vater möchte ich meinen besonderen Dank aussprechen, weil er mich bei allem, was ich tue, unterstützt.

Zu guter Letzt bedanke ich mich bei meiner Grafikerin Christina. Vielen lieben Dank für deine tolle Arbeit und deiner Liebe zum Detail. Was wären meine Bücher nur ohne dich? Ich wünsche dir alles Glück der Welt und hoffe auf viele weitere gemeinsame Projekte.

Über mich

Ich wurde im Februar 1987 im wunderschönen Waldviertel in Österreich geboren und bin Mutter von fünf zauberhaften Kindern, wobei meine Tochter Luna bereits in die geistige Welt zurückkehren durfte. Seit meiner Kindheit befasse ich mich mit der Frage nach dem Danach. Mit dem Tod meiner Tochter Ende März 2020 nahm mein Leben einen entscheidenden Wendepunkt. Durch diesen tragischen Schicksalsschlag erlangte ich nicht nur eine vollkommen neue Sichtweise auf das Leben, gleichzeitig eröffnete sich mir auch das Tor zur geistigen Welt. Binnen kürzester Zeit lernte ich meine eigenen Hellsinne gezielt einzusetzen, um in Kontakt mit meiner verstorbenen Tochter zu treten. Durch meine zahlreichen Jenseitserkundungen, mittels außerkörperlicher Erfahrungen, war es mir nicht nur möglich Luna wiederzusehen, ich eignete mir auch ein breites Spektrum an Wissen über das Leben nach dem Tod an, stets mit dem Ziel vor Augen mich weiterzuentwickeln und Teil der Veränderung zu sein.

Anika Schäller

IM HIMMEL GIBT ES ERDBEEREN

Über den Verlust meiner Tochter
und das Wunder,
ihr wieder begegnet zu sein

Verlag am Rande

Anika Schäller

IM HIMMEL GIBT ES ERDBEEREN

Über den Verlust meiner Tochter und das Wunder,

ihr wieder begegnet zu sein.

KANN EINE MUTTER DEN TOD IHRES KINDES ÜBERLEBEN?

Luna ist ein kleiner, fröhlicher Wirbelwind. Mit ihrem herzlichen, unbekümmerten Wesen bringt sie ihre Patchworkfamilie näher zusammen. Plötzlich stirbt das Mädchen unter unerklärlichen Umständen. Nach Lunas Tod versinkt ihre Mutter in eine tiefe Traurigkeit, unfähig, sich um sich selbst und die restlichen Familienmitglieder zu kümmern. Am Grab ihrer Tochter gibt sie ein fürchterliches Versprechen ab. Als auch noch der Rest der Familie zu zerbrechen droht, erhält sie plötzlich eine Botschaft. Hin- und hergerissen zwischen dem Gedanken, verrückt zu werden, und der Hoffnung, tatsächlich eine Botschaft von ihrer Tochter erhalten zu haben, muss sie sich schlussendlich ihrer persönlichen Wahrheit stellen: Luna hat sie niemals verlassen und auf wundersame Weise einen Weg gefunden, sich ihrer Mutter mitzuteilen.

ISBN: 978-3-903190-39-9, Hardcover, 232 Seiten, Verlag am Rande

Anika Schäller

ICH BIN DA, WO DU IMMER WARST

VERLAG AM
SIPBACH

Anika Schäller

ICH BIN DA, WO DU IMMER WARST

Lediglich an ein Leben nach dem Tod zu glauben, darauf zu hoffen, war mir niemals genug. Du weißt erst, wie sich der Tod anfühlt, wenn du ihn selbst erlebt hast. (Anika Schäller)

Wer weiß, was nach dem Tod passiert?

Diejenigen, die dort leben, diejenigen, die sie besucht haben und diejenigen, die gestorben sind und zurückkommen.

Bereits als Kind beschäftigt sich Anika Schäller mit dem Übersinnlichen. Doch erst durch den plötzlichen und unerwarteten Tod ihrer zweijährigen Tochter Luna öffnet sich für die Psychologin und Buchautorin das Tor zur geistigen Welt. Für Anika steht fest: Sie muss einen Weg finden, mit ihrer Tochter in Verbindung zu treten. Knapp neun Monate später erlebt sie – ausgerechnet am Weihnachtsabend – ihre erste außerkörperliche Erfahrung, die sie zu einer wundersamen Begegnung mit Luna führt. Zutiefst berührend und inspirierend.

ISBN: 978-390325-940-9, Hardcover, 192 Seiten, Verlag am Sipbach

BRINGE INS LICHT

Anika Schäller

Anika Schäller

BRINGE INS LICHT

Julian ist acht, als er dabei zusehen muss, wie seine Schwester plötzlich und unerwartet vor seinen Augen stirbt. Seitdem wünscht er sich nichts sehnlicher als sie nur ein einziges Mal wiederzusehen, ebenso wie Petra, die ihren geliebten Mann durch eine Krebserkrankung verloren hat und auch Michael weigert sich nach dem plötzlichen Verlust seines Sohnes Abschied zu nehmen. Zusammen mit der Autorin und dem Medium Anika Schäller begeben sie sich in ein aufregendes Abenteuer, das ihnen nicht nur einen eindeutigen Beweis für ein Leben nach dem Tod liefert, sondern auch aufzeigt, dass ein Lebewohl niemals notwendig ist.

ISBN: 978 – 3755758341, Paperbackcover, 180 Seiten, Books on Demand GmbH

Anika Schäller

Eine Badewanne voll Schokolade

Lena entdeckt den Himmel

Eine Geschichte
mit lustigen
Ausmalbildern

Anika Schäller

EINE BADEWANNE VOLL SCHOKOLADE
Lena entdeckt den Himmel

Als hätte Lena nicht schon genug mit ihrem verliebten Bruder Paul um die Ohren, taucht eines Nachts auch noch Sui auf und behauptet doch tatsächlich, ihr Schutzengel zu sein. Was die Urli-Oma mit alledem zu tun hat, was Lena und Sui gemeinsam unternehmen und weshalb Halunken und Giftnudeln in Lenas Himmel absolut nichts verloren haben, steht in diesem weisen und humorvollen Buch.

ISBN: 978-3903190412, Hardcover, 88 Seiten, Verlag am Rande

Anika Schäller

SUPERHELDEN STERBEN NICHT

Der Junge, der im Himmel wohnt

Anika Schäller

SUPERHELDEN STERBEN NICHT

Der Junge, der im Himmel wohnt

Die wahre Geschichte eines ganz außergewöhnlichen Jungen, dessen Zuhause der Himmel ist. Philipp wünscht sich nichts sehnlicher als Superheld zu sein. Immerhin können diese fliegen und haben jede Menge anderer Superkräfte. Doch das Beste ist, sie sterben nicht. Als Philipp dann eines Tages unheilbar erkrankt, entdeckt er, dass er selbst im Besitz einer ganzen Reihe von geheimen Superkräften ist.

ISBN: 978-3752622249, Hardcover, 36 Seiten, Books on demand GmbH

Meine Bücher findest du unter

WWW.BRINGEINSLICHT.AT

BRINGE INS LICHT